细柳诗绦

新古典主义诗歌拓荒集

周宏桥 著

作家出版社

新古典主义诗歌宣言

我坚信，个人自由是人类社会的最高价值；
我常想，自由意志之创造能达成何等模样。

中华诗脉，源远流长，我以半面创新"起承转合"算法逻辑切分其演进。

如果"起承"阶段是"自然美"，增加格律"转"为"人工美"，那么远始晚清鸦片战争、近自民国新文化运动，中华文明进入近现代，为古典诗词增加现代性当为时代命题，而现代性之最高价值，我以为是自由，故我将历史与逻辑统一之"合"处命名为"新古典主义"，追求"自由美"。

对新古典主义的十年探索，我化约为"4-3-2-1"，即四大融合：凿穿古今、贯通中西、兼容科技人文、究际天人分合，同时不断递进"艺术革命的结构"之源于自然、融汇自然、创造自然的三阶境界。另避两类陷阱，一是惟承古典的元明清诗，致使创作走向陈词滥调；一是过度自由的新诗，终成无内在韵律节奏形式的换行的散文，因为过度自由扼杀自由，一切艺术之通则皆为戴着镣铐跳舞。最后回到宗旨"自由美"，因为作品是自我的投影，艺术是对情感与精神价值的形式寄托，故新古典主义之使命是自由意志追索无限从而重新发明诗歌，以续屈陶李杜苏之千古诗脉。

呜呼！承续中华诗脉，江山代有才人，当代意在斯乎，小子何敢让焉！吾遂不揣浅陋，但引拓荒之旅……

目录

第三部分　自辟宇宙　欲截众流成一体，不负平生不负诗

形式创新：诗剧 / 270

内容创新：当今时代企业家精神 / 283

开创计算美学 / 300

结篇之诗：世界，何世之界？ / 307

但敞诗心对命运，周郎毕竟一诗侠（代序）

莫非如是

宏桥先生的《细柳诗绦》即将付梓，嘱咐我写个序，却之不恭又诚惶诚恐。我是诗词的深度爱好者和鉴赏者，只是对中国历朝历代诗论诗话及西方艺术理论虽读但不多，故以读者感受或接受美学视角简单地谈谈这本诗集。

《孟子·万章下》曰："颂其诗，读其书，不知其人可乎？是以论其世也。"故论世先知人，读这本诗集不妨从了解宏桥先生开始。

一、论世先知人

王国维先生在《人间词话》中道曰：持有赤子之心者方为诗人。何谓赤子之心？王国维先生认为，诗人对宇宙人生，须入乎其内，又须出乎其外。入乎其内，故能写之。出乎其外，故能观之。入乎其内，故有生气。出乎其外，故有高致。即赤子之心并非不要涉历世事，而是涉世虽深却不沾世故之气，阅历虽广而仍存淳朴之质。

宏桥先生正是这样的一位诗人，他出身于传统士大夫家庭，书香门第，幼承中华古典文化之庭训，少年时期用功、念兹在兹地以北大（对应古太学翰林）为目标，青年时期在美国旅居多年，做技术极客并有过创业经历，后又从事学术教育，在各大商学院讲授创新创造，人生阅历极其丰富。走近他的人都知道，他骨子里依然是个明媚的少年，内心清澈、明亮，胸怀宽广、情感丰富又充满大悲悯的底色。如果说诗心是高贵的单纯——始终保持孩童般的单纯而又蕴藉着丰富的情感和华彩之思想，那就是他！他把自己活成了一首诗！

为风当自在，为马伴风驰。书架环三面，我家满是诗。
梦里成诗诗即梦，诗中写梦梦成诗。

家是诗，梦是诗，人生亦是诗。黑格尔《美学》说道，抒情诗的整一性来自诗人主体性格的整一性，诗人自己就应该是一件艺术作品。在读宏桥先生的诗集时，我常常沉浸在他创设的诗世界里，他也是诗的一部分。"生活如歌孰为曲？情爱如诗孰为韵？"能把"锅碗瓢盆做韵脚，悲欢聚散做平仄"的人，恐怕当世也找不到几个。这就是真性情的他，此生追求不过是——但敞诗心对命运，诗酒即自由。三五知己，酒到 F_3，似醉似醒，诗从心涌，恣意人间，好不快活。

"我原籍古沛，诗酒千秋豪；举碰三杯起，横吆九地摇；风歌沧海越，醉槊宇天撩；几许人生事，可求汉魏枭？"作为跟随刘邦起兵于古沛的汉朝周勃、周亚夫将军的后人，他的心中一直有着勇冠三军的英雄情怀和铮铮豪气。"山河寄血泪，驱胡铁马奔。"一手握笔，毫间诗词篇篇不朽；一手握刀，万军丛中来去自如。

正可谓，侠骨仁心真性情，周郎毕竟　诗侠！

二、诗歌的本质是自由意志的生活方式

《中国诗学》写道，诗是经过心灵纯化和韵律化的情感的语言。大自然为人类社会提供的只是诗的素材，惟有主体（诗人）通过情感和爱才能把这些素材捏合创造为完美的艺术作品。"百般红紫斗芳菲""万紫千红总是春"，大自然赋予春天一幅幅生机勃勃、姹紫嫣红的美景，而杜甫在《春望》中则感叹"感时花溅泪，恨别鸟惊心"，抒发的是一种国破家亡的伤心之感。可见外在的景色只是为情感服务的素材而已。诗歌是一种给予与共情的关系，是主体的诗人对客体对象付出的时间和心血，爱出于诗心内在的丰盈而自然地流溢。丰盈的爱心、诗心使得人像神一样博大，所以爱就是自由，美就是自由。

"推门蛙弄叶，漫步蜂鸣轩。""拾阶自在梦，眺远桃源烟，回问峰之恋？秋风红叶翩！""人生一梦寄，天地寸心间。"宏桥先生三首不同的诗中的几句也可以组成诗意的画面，这一时期的宏桥先生，心情无疑是轻松明快的，三首诗的神韵和意境非常相似，不论是在太行山、香山还是北京八大处，所见之处即是美景，所想之处即是自由。

中华文明史上，但凡成为大诗人（屈陶李杜苏）和大学者（孔孟老庄朱）者，通常都主动或被动地选择了一种自由无拘的生存状态。在这种近乎绝对自由的状态下，情感存在于一种自然的单纯，形成一种更自然纯朴和有力的

语言。在这种生活里，人与自然之美永久地合二为一，这种状态下创造出来的作品才最能打动人。谪仙李白在醉酒的状态下写了很多自由而又浪漫的诗句，如"大鹏一日同风起，扶摇直上九万里"，此时谁能分得清大鹏是谪仙，还是谪仙是大鹏？"竹杖芒鞋轻胜马，谁怕？一蓑烟雨任平生。"此时的东坡先生也沉浸在融于自然、天人合一的自由状态。

从社会的喧嚣退到自然的孤寂状态下、从必然王国进入了自由王国，"应无所住，而生其心"，从心灵之唤，做心愉之事，如此达物我两忘、万物互渗交融。当外在的名缰利锁无所生寄时，直觉灵感便在淡泊宁静中涌现。"时光深处总孤寂，纷繁背后有哀思。"人生价值就是听从自心、直道笃行，享受自由创造过程本身，无关他人评判。"得之我运失之命，彼岸花开孰与觎。"虽然宏桥先生一直努力创新创造，试图截断众流、自辟宇宙，续写中华文明之古典诗脉，但从来都是淡泊名利、远离纷争。"为诗人者大自在，怀诗心者永真淳。"在创作中找到自我、升华自我，又岂是俗世的名利所能比的?!

我在读宏桥先生的诗集过程中也有些新的发现，虽然先生一直在说"爱自由胜爱一切"，但在《天国诗酒话情爱》这部诗剧中，他借着诗仙李白的口也说出"情爱固是自由锁，吾愿为爱入樊笼"。能写出这样痴情决绝的诗句，也许周郎不只是一诗痴，更是一情痴。

爱与自由伴此程，知己诗朋，云下花丛；

终知故我是归程，心远月明，独倚长风。

这大概是宏桥先生心中最美好的人生状态吧，幽谷紫兰就是心中最美好的爱情的样子吧？陌上人如玉，公子世无双。风流皆占尽，岁月犹未央。

三、诗境之至：重新发明诗词

在《半面创新》的开篇，宏桥先生提出了人类生存的两大最根本的问题："为什么活"及"怎么活"。答曰：自由。生命以自由为目标，自由以创造为归宿。宏桥先生认为创新创造是摆脱"痿活"之途而通往自由的"大学之道"，所以他对于创新有种痴迷和执念，这种执念和追求无一不体现在本诗集中。

首先要强调的是，这本厚厚的诗集不是一个 YAP（Yet Another Poetry，"咋又一本诗集"），而是宏桥先生试图以一种崭新诗观与艺术自觉在中华诗史上开创一个诗歌流派。他研究诗史演进与历代诗论，并通过半面创新推演于诗歌艺术而创获一种诗观并刊行于他的诗论"唐诗跨界互联网"，然后以此艺术自觉十年磨一剑来尝试这条突破之路，他把它命名为"新古典主义"，略举其中的一二：

比如《青春赋值 Debug World》《0101 我为人类忧》，他认为开创了计算美学。

还有，传统诗歌对"商人"这个群体描写甚少，这是因为我国古代的重农抑商传统，而正是这个群体引领了世界近现代经济的发展，在改革开放这四十多年来创造了举世瞩目的成绩，所以他创造了《货殖新传》及诸多与企业家相关的诗歌来致敬这个时代的企业家精神。

他对创新的追逐可以说到了偏执的地步，即使是对诗仙李白，宏桥先生也毫不留情地批评他山寨黄鹤楼："天子呼来不上船，诗仙醉酒下尘凡。黄鹤楼惊风流笔，鹦鹉洲捏汗雨惭。万古堂评万古过，先贤殿叹先贤难。关山但点化新陆，留待后生结创缘。"

特别值得一提的是，本诗集的长篇人制《天国诗酒话情爱》休现了宏桥先生对创新创造的极致要求：

- 从篇幅和形式来说，这是一首一万多字的大型诗剧，融合了东西方多种艺术形式，各种诗词体式兼收并用，信笔随拈。宏桥先生在诗词学术大会的主题演讲中说了他心中的遗憾，就是中华文明史上，哪怕伟大如屈陶李杜苏，也没写出能媲美《荷马史诗》、但丁《神曲》、莎翁悲剧与歌德《浮士德》的长篇大制。此诗剧译为英文大概 20 万字左右，至少在规模上能挑战西方文明。

- 从创作思路上说，凭空想象中华民族六大诗人屈陶李杜苏和李清照在天堂聚会，畅谈人世间缘情爱恋，以每位诗人的生平经历和性格特点想象其对爱情的看法，构思精巧绝妙。

- 从思想的表达上，这首诗也有很多匠心独运的地方，借着六位诗人的诗句传达了宏桥先生对缘情爱恋和自由思想的看法。"人生真谛在自择，自择成己即是人生最美情痴韵""但将自我活成诗，直为人间加韵雕琢此时光""此生情痴即自由"。这些是《天国诗酒话情爱》中诗仙李白的诗句，在此，李白不仅仅是浪漫主义的化身，更是自由意志的捍卫者，东西方的思想在此完美地统一了。

- 于细节处，本诗也有很多突破前人观点的思考，如开篇就借李清照之口为虞姬正名，从女性的视角提出汉代佚名诗《代虞姬和垓下歌》不符合当时的情境，虞姬在困境中怀着对项羽深深的爱，此刻应该会展示出决不拖累项羽的决绝气概，又怎么能说出"大王意气尽，贱妾何聊生"这样的丧气话。这样的表述也符合李清照的性格特点，"生当作人杰、死亦为鬼雄"，弱女子亦是大丈夫。

四、写在最后

本诗集创作的尾声恰逢上海新冠疫情，宏桥先生被居家隔离两个多月，前期缺少食物、咖啡等，亦因为疫情防控不能出去锻炼、游览。其间，我与先生通过电话，他非常乐观、豁达，表示可以趁着疫情期间安心地打磨创作，还写了几首《炒鸡蛋》《鸡蛋换咖啡》等苦中作乐诗。他坚持每天早起、晚睡，读书创作，笔耕不辍。这本诗集是他前半生人生轨迹的缩影，在读这本诗集的时候，我们能够看到一位出身于书香门第、饱读诗书，跟随父亲游历全国的少年缓缓向我们走来，他坚持数十年如一日地读书、思考、创作，突破自我。宏桥先生的思想和作品影响了很多人，我们何其有幸能够遇到宏桥先生，听他讲中国诗史、讲古战场、讲他自己的故事，我们期待可以受先生的感染，诗意地栖居在这个世界。

2022 年 12 月 8 日

新古典主义诗论

总论：艺术革命的结构
——源于自然、融汇自然、创造自然

作品是自我的投影，因为人是活在情感与自己编织的意义之网上的动物。在遍读中西方诗人、文艺家传记与艺术史的基础上，我参考托马斯·库恩基于群体演进的《科学革命的结构》，创构了一个基于个体演进的"艺术革命的结构"，作为本诗集与我的诗论艺术论的框架。

科学与艺术是人类超凡脱俗的最高追求，其区别我赞同哲学家尤格·闵斯特堡认为的关联与孤立，即科学是共同体的合力，艺术是自足孤立；科学有上下继承，而艺术永不重复前人；科学发现一旦完成则后续是重复，而艺术创造需要苟日新、日日新、又日新。

我把人类历史上个体与社会群体的所有演变高度抽象，化约为三：

- 起点，是源于自然。人生下来首先是大自然的一个动物，当然人与动物的根本区别，在于人是能创造和使用抽象符号的动物。此境天工开物，其成功是对天赋才情的褒奖，诗界如二十多岁的王勃的《滕王阁序》、歌德的《少年维特之烦恼》。

- 过程，是演化与内卷的双螺旋结构（evolution-involution，或曰：人出生与成长的终点是死亡），我称此过程为融汇自然，其间使用人类文明演进过程中所创造出来的各种符号系统，我概之为四：古今之间、中西之间、科技与人文之间、天人之间。此境需艰苦砥砺，或曰匠心，或曰人力；其层高之最，我设为"杰出"；其人，我定名为"大师"。

- 最高境界是人类中的极少数，截断众流、自辟宇宙、但立新规、开宗立派，我称之为创造自然，或曰革命（revolution），即创造出了自己的符号系统或语言系统，我定义此境为"伟大"量级，其人定名为"天才"。中华诗脉之屈陶李杜苏，西方诗脉之荷马史诗、但丁《神曲》、莎翁悲剧、歌德《浮士德》。它是在艰苦砥砺之上的天赋才情在特定机缘下爆发出的原始造化之秘，是前两境"天工"与"人力"的正反合，我称之"夺天工"。

第一境，源于自然，"天工"

在所有的天工开物中，我认为淳朴真挚，以及衍生其上的爱与自由、大爱大悲悯是通往伟大的第一天赋。儒家如《中庸》所谓"诚者，天之道；诚之者，人之道也"；道家如《庄子》所谓"素朴而天下莫能与之争美"。西方如托尔斯泰所谓：没有单纯、善良和真实，就没有伟大。

由此方接续《诗大序》的"诗者，志之所之也。在心为志，发言为诗"，于是"情动于中"之情才是真挚真情，再后"修辞立其诚""而形于言"，哪怕白描不修，却也天姿神韵，如此，作品才有兴发感动人心的力量，甚至，诗人个人的情感超越自我而成为人类之情感，乃至形成感动千载生命之力量。

其实，孩童的单纯是天性，天性中蕴含的各种能力、各种情感、体验和思想须在社会历练中方能得到充分的发展，但人一旦步入世俗社会，熙熙攘攘，名利权位，久居鲍肆，不闻其味，未必能正反合而复归于成熟的单纯。

中华文明直到魏晋才形成了艺术自觉。如王羲之《兰亭集序》谓之"一觞一咏，亦足以畅叙幽情"，他用"幽情"把超凡脱俗之情怀寄托于斯，这种自觉其实就是用一个精神活动来寄托人生的最高价值，寄托人生对社会的疏离和对世俗的超越。

以此艺术自觉向前溯源，孔子创立的"仁"、老子创立的"道"，均可视为一种艺术之境，即我将艺术广义定义为对个体最高精神价值与终极关怀的形式寄托。于是乎作品至高至大之道，当是保持一颗率真的童心，当仁不让，直道而行，由此方生发出阔大的格局、宏大的愿景和承担巨大风险的创作勇气。

第二境，融汇自然，evolution-involution 双螺旋，"人力"

诗心之本色是淳朴真挚，对自我真，对他人真，对万物真，对天地真，如斯自由因真而至，在人文理想与人类梦想之上，在一切可能的方向上探索，其根基是一颗包容的诗心，包容是通往一切自由之路，它是阔大格局与宏大愿景的种子，从润物细无声之同理心、共情力，到不断提升灵魂的高度与情感的浓度，最终长成普度众生之大爱大悲悯。

此境人力，笃行砥砺。我的体会是四大融汇：古今之间、中西之间、科技与人文之间（所谓科学精神是求真求新的人文精神，人文精神是求美求善的科学精神）、天人之间（大自然与人类社会之实体世界与自己的心灵世界）。如此海纳百川，格局方阔；如此壁立千仞，境界始高。

其因，唐人刘知几曰史家有三长，不妨扩之为人有三长：才（天赋）、学（后天）、识（才与学的正反合）。诗人艺术家多以天赋才情驱动，宋人严羽

《沧浪诗话》谓之"诗有别材,非关书也;诗有别趣,非关理也",但严羽也强调"然非多读书、多穷理,则不能极其至",即艺术家也应是学者,中华文明天赋最高的诗人是李白与东坡,但如果他们没有读破万卷的文史哲根基,任何一个人的天赋才情都不可持续。

所以对标自由,调配职涯,丰富阅历,铸强功底。如经历技术向善、学术求真、艺术尚美等多条生命曲线,经历烟火人家方方面面甚至困顿苦难,遍访大自然及古圣先贤故居谪地,从而磨炼出驾驭多领域的博大才华及在专业领域诸体皆善、诸题兼驭的全能性,诚如清末学者杨守敬所谓"天下有博而不精者,未有不博而能精者也"。最终,"灵心圆映三江月","笔阵横扫千人军"。

另一方面,与 evolution 正反合的是熵增或内卷 involution。为什么民间艺人、体制内人大多成不了艺术家?前者是因为靠传承吃饭,靠手艺的精益求精;后者是因为缺少自由思想,无自由则无真实真情。即一个艺术家首先是在精神境界上内蕴着我们中华文明顶天立地、独立不倚的气节操守,其次,艺术家的本质也体现在创造性上,而创造性则源自对现存秩序的挑战。

但,"人力"之边界何在?

S. 阿瑞提在《创造的秘密》中曰:"当一个诗人和剧作家所采取的象征手法是出自纯粹的理智,或者出自以前的文学修养和精神分析的知识见解,那就不会达到很高的审美水平……依靠博学而不是原发过程的联系,那么所产生出比喻和隐喻是最没有力量的。"

考察艺术史上的千古大作,我深以为然。是故,起承转合、初盛中晚,个体的生命曲线最终如不经历一次脱胎换骨的革命,则始终处于"人力"阶段而达不到开宗立派的"夺天工",后者的标志是至少有一个一飞冲天、旷世绝代的革命性的伟大作品。

第三境:创造自然,革命(revolution),"夺天工"

文艺理论家哈罗德·布鲁姆提出强健诗人对影响的焦虑,即强健诗人害怕自己只是一个复制品或仿造品,因为一般人所驾驭的文字只是现成的东西用惯常的方式重新编排而已,他们没有在语言上印上自己的记号,终其一生都在已造好的作品间打转,所以根本没有一个真正的"我"。

而这个"我之为我"的焦虑,正是 evolution 之极限,例如书法艺术到王羲之,诗歌艺术到李白杜甫,都是各自的巅峰,其作品是时代精神与人类心灵高度融合的结晶,至今没人敢说超越了他们,故牛顿站在巨人肩膀上的超越是基于共同体、是科学主义的 evolution,而非艺术主义。

因为艺术的本质是自足独立，故须另辟蹊径，斯径从艺术史分析，尽管其演进看似线性逻辑，即后面的创新替代前面，但我觉得这是倒果为因。因为诗是心物关系的抒发，即为心灵的内容寻找自然的感性形式，推而广之，艺术就是以自然的意象组合创造出自己的意向结构，而推动艺术革命的源动力当是艺术家在其个人机缘中留下的刻骨铭心的烙印在自我心灵之眼的观照。

所以我用科学来诠释陆游的"功夫在诗外"，我认为它恰是艺术革命的关键，即艺术的发展不在艺术演进本身，而应在临界点突变，即一个远离平衡态的开放系统通过不断地与外界交换物质、信息和能量，在系统内部某个参量的变化达到阈值时，系统状态就会发生突变，由原来的无序或低级有序态转变为一种在时空上或功能上的有序或高级有序态，普里戈金此论荣获诺奖。

即这个革命性的伟大作品，要么是集创造者平生才、学、识之大成而在特殊机缘下的突发；要么是身处社会变局、感知风起云涌、振臂一呼为时代代言；要么为爱与自由、大爱大悲悯的崇高艺术理想不经意间找到了宇宙人生之归宿；要么是从艺术史演进而言的技艺精湛甚至发明新技；要么在形式上创造出一种具有哲学意味的艺术结构、语言结构、视觉结构；要么"文不在兹乎"为中华传统文化自觉托命而百死无悔；要么与文明发展到此时此地的重大社会命题、族群的生命情感和社会心理等突发关联，要么能预告未来已来……凡此种种，强列一二，我谓之创造自然！

当然，伟大的另一个标志是创造出了自己的符号系统或语言系统，这是超越现有艺术规则乃至自定义新规则，这个符号系统是艺术家对宇宙人生的回答。我在美国的第一次课是 C++ 语言发明者、图灵奖得主斯特劳斯特卢普讲授的，其曰计算机编程语言是对大自然与人类社会的抽象。后面读维特根斯坦，知道"我的语言的界限意味着世界的界限"，以及海德格尔"语言是存在的家"。一言类比，是用别人发明的语言编程，还是自己发明一个编程语言去抽象自然。

再次强调机缘！因为伟大作品一般来自原发想象，即发生在无意识领域里的非理性思维活动，所以从杰出到伟大，背后一般都有一段特殊机缘，如安史之乱成就杜甫，如被贬三州成就东坡，让他们深入到更深的生活，让他们升高到更高的境界，此时诗人艺术家因机缘而重新自我观照、自我批判继而自我升华，精确地说，是人与机缘造就的临界点突变共同成就了伟大。

最后的话

引西方首个艺术史家温克尔曼总结古典艺术最高理想时的两句话"高贵的单纯，静穆的伟大"，我把它纳入到我的"艺术革命的结构"：

"高贵的单纯"是第一境的正反合，从孩童单纯，到经历复杂，到历经磨难后还相信人生有爱有悲悯，这是成就伟大的心灵底色。

"静穆的伟大"是第三境，它恰好兼容了中华文明精髓之儒释道，儒家"乐而不淫、哀而不伤"的温柔敦厚之和静；道家"独与天地精神往来"的无为素朴之虚静，佛家"空即是色、色即是空"的见心明性之寂静。

人生苦短，何若以高贵的单纯创新创造出静穆的伟大！

宗旨论：美在自由
——古典"美在意境"的隐性逻辑与新古典的显性转向

    大哉一问，诗是什么?《尚书·尧典》开山纲领为"诗言志"。《毛诗序》言情志并举，即"诗者，志之所之也，在心为志，发言为诗，情动于中而形于言"。陆机《文赋》曰诗本性情，即"诗缘情而绮靡"。无论言志言情，皆因感物而动，《文心雕龙·明诗》曰"人禀七情，应物斯感，感物吟志，莫非自然"；钟嵘《诗品序》曰"气之动物，物之感人，故摇荡性情，形诸舞咏"。一言以蔽之，诗的本质是主体受客体的偶然触发而产生的心灵感动，于是当心物偶触而情兴（原发灵感），再回溯这种心灵感动的生命体验而突然抓住了意象形式（继发灵感），最后诉诸格律音韵，其诗乃成。我将研读的历代重要诗话及海外重要诗论，一图概其要旨与演进如下：

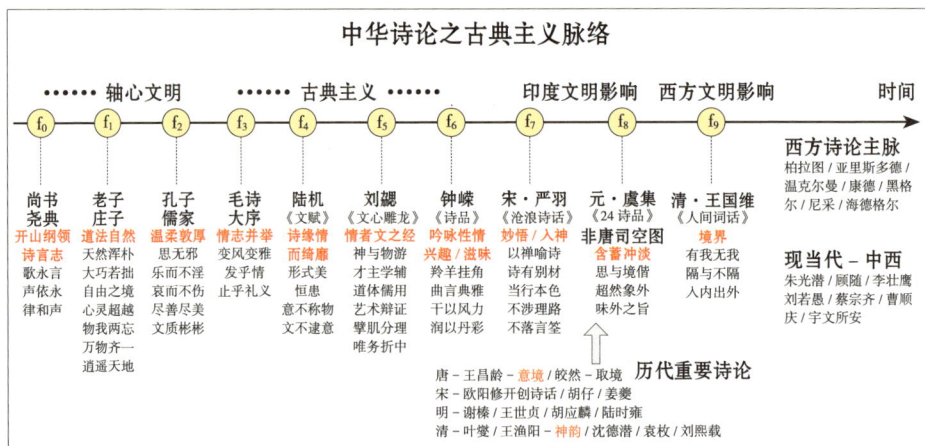

中华诗论之古典主义脉络

    美，始于感动；而情兴之心灵感动的根源是真实真情，真实真情又源于自由自在——无自在不真实、无自由不真情；于是儒家"修辞立其诚"（《周易·乾》），道家"真者，精诚之至也。不精不诚，不能动人"（《庄子·渔父》），即真诚真情的底层逻辑是自由意志，因为人的本质是能创造抽象符号的动物，在创造出符号且与动物区隔之时，人就是自由的，否则何以创造出一个不同于经验真实的符号世界，康德更是将自由作为整个实践理性大厦之基石，是一切现代性的元价值。

兼容科技与文艺。拙著《创新的历史哲学：人类创新主脉与结构之演进逻辑》从整个人类文明演进视角探讨了演进方向与动力是人性解放与人性自由，仅择当今信息时代之科技演进一二：

硬件之演进：1960—1970 大型机年代，服务器是完全的中央集权，客户端是无自我意识的哑终端；1970—1980 年代演进到客户端/服务器模式，客户端有了一定的自主意识，服务器权威下降；再后是 1980—1990 的 PC 时代，客户可以完全自主，当然因能力不足还得常向服务器请求服务；2000—当下的智能移动终端年代，客户端完全独立自主，对于云服务召来挥去。

互联网之演进：第一段门户时代是网络的中央集权，用户只能点击阅读被指定的链接，无自我意识；第二段搜索时代，用户可输入关键词查寻所需，有了一定的独立自主；第三段社交网络时代，用户可以自建公众号自媒体，个人成为宇宙中心。

文艺亦然。王国维云"凡一代有一代之文学。楚之骚、汉之赋、六代之骈语、唐之诗、宋之词、元之曲，皆所谓一代之文学，而后世莫能继焉者也"。其因，"四言敝而有楚辞，楚辞敝而有五言，五言敝而有七言，古诗敝而有律绝，律绝敝而有词。盖文体通行既久，染指遂多，自成习套。豪杰之士，亦难于其中自出新意，故遁而作他体，以自解脱。一切文体所以始盛终衰者，皆由于此"。

其实文艺的演进，每个阶段都是民间从自由开始，然后文人进行格律技术规范，有了行业标准，发展到了巅峰，规范又束缚了自由，然后走向衰落。演进的主线是越来越苛严的规矩让我们无法充分表达丰沛的才情。一言以蔽之，始于自由，亡于限制自由。

回望古今与中西。诗的本质是感物而情兴，但细腻之情难用语言系统表达，《周易·系辞上》云"书不尽言，言不尽意，然则圣人之意，其不可见乎？子曰：圣人立象以尽意"。于是诗作只能通过意象来表达，即事物的实在形态是客观真实，它在诗人的审美感受中创建起来的"象"是主观真实，是意中之象，古人称为意象。故《文心雕龙·神思》云"独照之匠，窥意象而运斤"；《二十四诗品·缜密》云"意象欲生，造化已奇"。

中华古典美学评价诗歌乃至延及绘画、书法、音乐等一切艺术的最高层次是"美在意境"。最早言境的是王昌龄，不过其境是心物相融、情景交融。虞集（旧作司空图）进一步阐发"象外之象""味外之旨"，即在心物交融的实相之外创造一个虚实相生、超然象外的诗性时空，亦即艺术之美不在意象之实，而在象外虚处。最后王国维以"境界"收尾古典美学，并言严沧浪之兴趣、王渔阳之神韵皆不如"境界"二字能窥诗本。

其实古典美学范式"美在意境"的隐性逻辑就是"美在自由"，其根底始于儒道对立。

孔子对艺术求美与道德向善做了区隔：《论语·为政》的"诗三百，一言以蔽之，曰思无邪"，汉儒释为"发乎情，止乎礼义"，即孔子意识到个人情感是艺术的起点，但情感外化具有公共性，故应符合社会伦常；《论语·八佾》中，孔子评价艺术"子谓《韶》，'尽美矣，又尽善也'；谓《武》，'尽美矣，未尽善也'"，可见儒家重善，而美是对善的从属，但也可以看出孔子认为对艺术的道德评价与美学评价可以分离，尽管他认为尽善尽美才是艺术至境。

而意象说、意境说则是建立在道家基础上。老子思想的核心是"道法自然"，庄子是"逍遥齐物"，因为大道之行是自然而然，得道就是不为物役，任由事物成为它所应是的样子，那是自然而然的质朴真实，这是"无为"，一旦彻底否定了外在意志的强迫，事物就会在运动中实现其本性，这是"无不为"，延及艺术就是大音希声、大象无形、大巧若拙，亦即自然与本色才是最高之美，这是与道合一、物我两忘的逍遥观赏，是以心齐物、乘物游心而体察天地之大美，而这正是自由。

之后当汉武帝独尊儒术的大一统在魏晋南北朝崩盘时，王弼"得意忘象"、顾恺之"以形写神"、宗炳"澄怀味象"、谢赫"气韵生动"等基于道家美学的广义意象说蔚为风尚，因此在中国历史上第一次形成了艺术自觉，虽然这种纵情不羁、追求个性解放是朦胧的自由，虽然千载而下还是儒家的纲常名教压抑着道家追求精神自由的历史。

劳思光在《新编中国哲学史》中用"情意我"概括道家所主张的个人对精神自由的追求，它是对儒家以道德为终极关怀的"德性我"的否定，第214页总结"故合而言之，道家之说，显一观赏之自由。内不能称德性，外不能成文化，然其游心利害成败以外，乃独能成就艺术"。即道家虽不能作为全社会的价值基础而只适于"鸡犬之声相闻，老死不相往来"的小国寡民，但它使个体从在社会中"先做人"之谨言慎行甚至虚伪矫饰的"德性我"中解脱为自得其乐甚至放旷恣肆的"情意我"，而这恰是以自足独立为本的艺术之精神，人类历史上的大诗人大艺术家无一不是与社会疏离而处于强烈的孤独或曰"独与天地精神往来"之独吟的主体性中。

与感性的意境说相对立的西方古典美学的主线则是理性美，它始于柏拉图的理念说，并从认识论开天人相分之先河，柏拉图认为艺术是对理念世界的模仿的模仿（与真理隔三层），要将诗人驱出理想国（艺术与道德的张力）；亚里士多德承模仿说但延至创构新世界与理想美的可能性；同期毕达哥拉士学派万物皆数、美在和谐，欧几里得逻辑推演、空间惟美。中世纪信仰时代，使人知道在世俗利益之上还有一个彼岸的超越世俗的世界，可论自由意志、终极关怀。到文艺复兴和宗教改革，人性解放、信仰独立，开始了美在自由的探索。再后唯理论重理性、经验论重感觉与情感，当然都突出主体意识即自由。康德整合两派，认为审美乃是事物的形式符合主体的认识的统一，是无目的（超越功利）的合目的性；最后黑格尔收尾古典主义，美是理念的感性显现。

究际天人之分合。理性美的本体论是天人相分，意境美则是天人合一，因为心物一体的意境是主体之气局、才情、学识、审美趣味与物象相容交济的诗性时空，我作其演进如图：

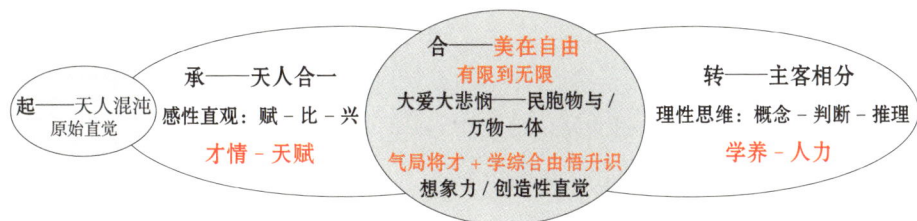

首先的"起"，是处于无意识的混沌的天人不分，柏拉图之前的古希腊自然哲学亦然。

然后的"承"是感性阶段，是具体性、特殊性、整体性的直接与间接经验。此时是有意识的天人合一，即天道与人道相合，这是自然之道；天文与人文连贯，这是生命精神。如道家的"人法地、地法天、天法道、道法自然"；如儒家《周易·系辞下》的"昔者圣人之作易也，将顺性命之理，是以立天之道曰阴与阳；立地之道曰柔与刚；立人之道曰仁与义"。

再后"转"为天人相分，即在感性经验的基础上总结归纳，便在思维中产生对某类事物的一般性判断，进入到主客分离的理性思维阶段，通过概念去把握一般性、客观性和普遍性，这是西方主线，且在黑格尔之后"反者道之动"，如增加非理性维度，叔本华认为美是意志的客观化的表象；尼采将艺术精神分为理性美的日神精神与自由原始本能的酒神精神，而后者才是艺术的根本；其他如伯格森直觉主义、弗洛伊德与荣格精神分析、存在主义、现象学、诠释学等不一而足，海德格尔最后以复归于天地神人融合为一之本真来统合。

最后"合"处，应合于对"天人合一"与"主客相分"的双双超越，既超越前者的原始直觉与感性直观，又超越后者的逻辑、知识甚至道德，基于大爱大悲悯之气局，抵达民胞物与、万物一体之审美境界，于是天地与我并生，万物与我齐一。这是从有限到无限之境后，博大之气局将天赋才情与后天学养经由妙悟而升华至智识，再通过想象力与创造性直觉，把握在场与不在场的融通，统合感性具体与理性普遍，如此形成新的多样性复杂性，从而以自由心灵来体验自然、融汇自然甚至创造自然，这大抵是孔子《论语·为政》的"从心所欲不逾矩"，是老子《道德经》的"复归于婴儿"，是庄子《逍遥游》的无己"至人"，是海德格尔的"澄明"，是诗意的栖居在大地上的审美至境。

生命以自由为目标，自由以创造为归宿。

是谓"美在自由"！

定位论：新古典的诗史坐标
——中华诗史概略及李杜登顶后的开宗立派级创新

五绝其二 · 孰笔续青殊

2018 年 9 月 24 日农历八月十五

孔孟老庄朱，屈陶李杜苏，

神州千古脉，孰笔续青殊？

　　中华民族是出语皆诗之民族，中华文明的第一艺术是诗歌，它先于诸子百家的学术创新，且诗到唐宋更是文明之巅，之后大河流东，虽细不绝，每个炎黄子孙，海角天涯，妇孺老幼，不会作诗也会吟，诗歌成为古老文明的活化石。更重要的是，诗言情志，每当曲折，每当困顿，每当苦难，每当绝望，诗歌总是当仁不让，直道而行，振臂一呼，横扫千军；其精神，是一个民族自强不息、厚德载物的务实精神，是一个民族自我崛张、心游万仞的创新精神，更是一个民族千年逐梦独立自由的理想主义精神。诗歌，正是中华民族薪火相传之象征。

　　中华诗史概略。中华诗史及其间各种创新创造的详析，可参看拙著《跨界引爆创新：唐诗＋互联网＝企业创新》，本文仅从大气局视角根据半面创新"起承转合"之算法逻辑切分：

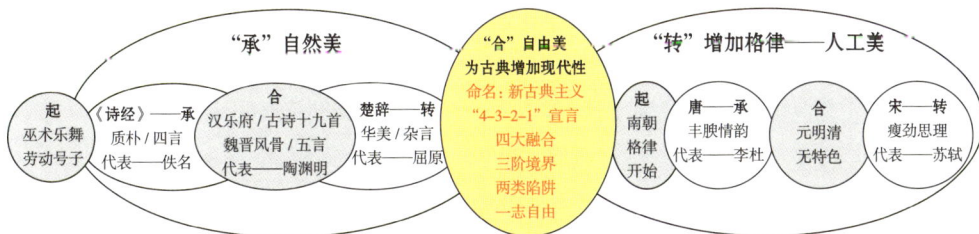

"起承"段是自然美。诗歌起于巫术乐舞或劳动号子，承于北方文学《诗经》与南方文学楚辞，前者质朴厚重，四言，后者华辞富象，杂言；最后相反相成合于汉乐府/古诗十九首/魏晋风骨，五言，走完第一轮正反合。

增加格律"转"为人工美。始于南朝永明体的格律化，其实平仄的结构就是中国传统哲学之相反相成：一联之内平仄相对，两联之间平仄相粘，首尾贯通言尽意长；同时人工美在唐诗与宋诗中达成第二轮正反合。

然后是我认为的八百年歧途，惟承古典的元明清诗与始于民国的过度自由的新诗，故新古典主义诗歌的中华诗史定位，是"起承转"后历史与逻辑统一之"合"处，为古典增加现代性，扉页宣言"4-3-2-1"之四大融合、三阶境界、两类陷阱、一志自由，宗旨"自由美"。

仅审视唐诗演进之路如图，李杜之前的创新集大成者是王维。

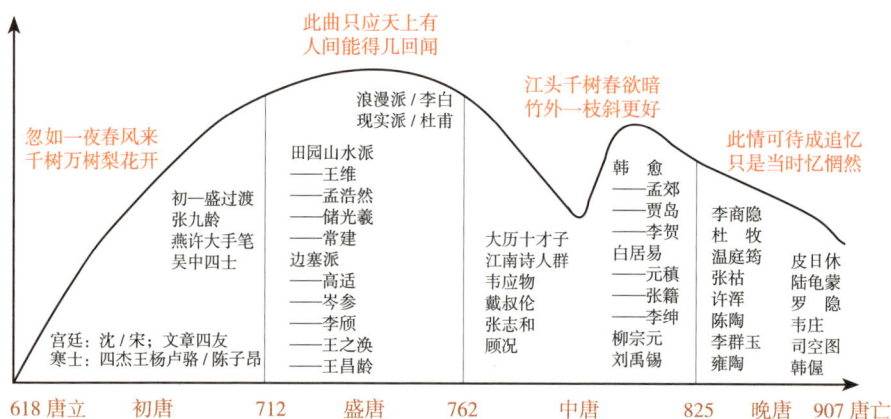

（图中文字）

此曲只应天上有 人间能得几回闻

江头千树春欲暗 竹外一枝斜更好

忽如一夜春风来 千树万树梨花开

此情可待成追忆 只是当时忆惘然

浪漫派/李白
现实派/杜甫

田园山水派
——王维
——孟浩然
——储光羲
常建
边塞派
——高适
——岑参
——李颀
——王之涣
——王昌龄

初一盛过渡
张九龄
燕许大手笔
吴中四士

宫廷：沈/宋；文章四友
寒士：四杰王杨卢骆/陈子昂

大历十才子
江南诗人群
韦应物
戴叔伦
张志和
顾况

韩愈
——孟郊
——贾岛
——李贺
白居易
——元稹
——张籍
——李绅
柳宗元
刘禹锡

李商隐
杜牧
温庭筠
张祜
许浑
陈陶
李群玉
雍陶

皮日休
陆龟蒙
罗隐
韦庄
司空图
韩偓

618 唐立　初唐　712　盛唐　762　中唐　825　晚唐　907 唐亡

跨界集大成，王维的创新。王维精通绘画和音律，他把萧疏清淡的画风、玲珑起伏的音律与诗歌的古朴淡雅融通，把画中的配色、光影、远近等空间构图和音乐的动静、起伏、和谐等要素植于诗中，于是冷暖明暗错落有致，诗情画意音色兼得，如《山居秋暝》。王维另号"诗佛"，从小随母修行，师事名僧大照至三十余岁，与六祖慧能的弟子神会关系密切。早年虽有用世之志，但为官之后几度沉浮，于是中晚年隐居辋川，崇信佛禅，创作出大量饱含禅理的作品，如《终南别业》"行到水穷处，坐看云起时"。

李杜登顶后的开宗立派级创新。王维之后，李杜登顶，将几乎所有可能的创新空间填满，后辈诗人还能自辟宇宙吗？我用半面创新"面"字模型做了梳理。

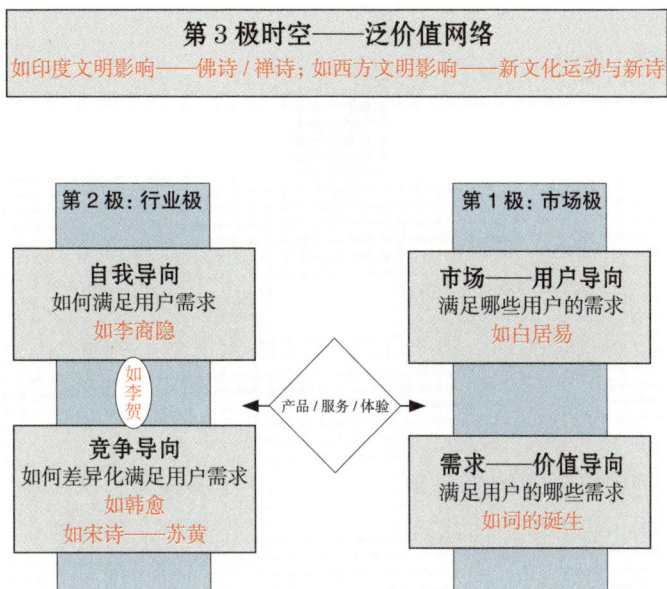

第3极时空——泛价值网络
如印度文明影响——佛诗/禅诗；如西方文明影响——新文化运动与新诗

第2极：行业极

自我导向
如何满足用户需求
如李商隐

如李贺

竞争导向
如何差异化满足用户需求
如韩愈
如宋诗——苏黄

产品/服务/体验

第1极：市场极

市场——用户导向
满足哪些用户的需求
如白居易

需求——价值导向
满足用户的哪些需求
如词的诞生

竞争导向之切入，韩愈的创新。我认为韩愈是李杜之后的第一个开宗立派者。清朝吴乔甚至认为，唐人中能自辟宇宙者，只有李、杜、韩愈和李商隐四人。不妨从三层面解析：

一是在创新方向的选择上。清朝赵翼析道，李杜之后，只有杜甫的奇险处是弱点，韩愈一眼觑定，从此辟山开道，自成一家。亦即在行业竞争格局分析过后，韩愈从奇险处强行切入，走"险语破鬼胆，高词媲皇坟"之路。

二是在创新结构的原则上。韩愈是唐宋八大散文家之首，他创造性地以文为诗，用散文的思维模式、结构、篇章、句法等为武器，剥离诗中过多的词藻和音色装饰，破除诗歌已成定式的刘仗、粘连、平仄等传统。

三是在创新落地的细节上。形式方面，韩愈颠覆了古典审美的流畅和谐，韵调生僻拗口，通过反和谐、反均衡而达新和谐、新均衡。内容方面，韩愈颠覆了古典审美的诗材雅正，以魑魅魍魉、凶禽猛兽、阴曹地府、凡俗污秽甚至狰狞恐怖等入诗。

创新结果，清初之前都视之为异端：北宋沈括说韩诗是押韵之文，南宋张戒说韩诗有说教之气，明朝王世贞认为韩不懂诗，清初王夫之说韩诗是行酒令……因其创新突破了传统诗观所能容忍的极限。清初后，评论翻转，叶燮称：杜甫之诗，独冠今古。此外上下千余年，作者代有，惟韩愈、苏轼，其才力能与杜甫抗衡，鼎立为三。原因是"韩愈为唐诗之一大变，其力大，其思雄，崛起特为鼻祖"。

公正地说，韩愈惊世骇俗之大破——抛弃了传统清雅敦厚的美学范式，以及随之的大立——狠重奇险猛横硬怪崛狂之"审丑"，是中华诗史上最大的一次创新。

自我导向之切入，李商隐的创新。 诗的本质是言志言情，怎么言，传统手法有三：一是直抒胸臆，如李白"相见情已深，未语可知心"；二是寓情于景，如杜甫"感时花溅泪，恨别鸟惊心"；三是情景中夹带议论，如王昌龄"但使龙城飞将在，不教胡马度阴山"。李商隐开创了第四种，直描内心的意象组合。

李所处的晚唐沉闷压抑，李又人生坎坷，十岁丧父，从小孤贫，寄人篱下，性格内向，后来爱情仕途双失败，始终沉沦下僚，郁郁寡欢，因此心灵格外敏感，亦即他的内心体验要比对于外物的感知更为细腻，这时，当心灵受到外物触动时，在心灵中会形成一串混沌的心象序列，发而为诗就外化为恍惚迷离的意象组合，非真实、非逻辑、非理性、思路跳跃、晦涩难解，如其代表作《锦瑟》大约有二三十种解读。李商隐其实开创了心象构筑物象的意识流。

市场导向之切入，白居易的创新。 国史进至中唐，随着经济的不断繁荣，城市和市民阶层兴起。此前，诗歌的生产者和消费者都是文人士大夫，而市民百姓更喜闻乐见的则是故事，所以传奇和戏文诞生了，而新兴市场的这种需求又被白居易洞察到了。于是白诗在形式上走大众路线，语言平易、通俗流畅。据说每次诗成，白都要朗读给老太太听，老太太听不懂，他就持续改进。在内容上则迎合大众需求，如以唐玄宗和杨贵妃的爱情故事作为素材，变抒情为叙事，于是，一篇风情《长恨歌》，满街尽传白诗名。

白居易是中国历史上第一个在世之时名满天下的大诗人，我究其营销手法，总结如图，其成功之关键是开创了一个大多不识字的市民阶层的新细分市场。其实从行业视角看，白诗仍在古典格局内增扩，属于改进型创新，引北大林庚教授《唐诗综论》提及的"诗的新原质"概念，即一个时代的人，在那个时代环境下，都会发现一些新形式或新内容或新角度的描写，从而产生新情感，而这些新东西集中出现在诗中时，便成为这一时代诗歌的新原质。

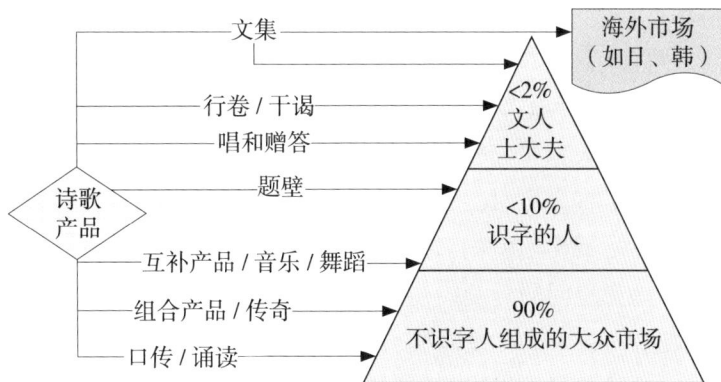

诗歌产品：

- 文集 → 海外市场（如日、韩）
- 行卷 / 干谒 → <2% 文人士大夫
- 唱和赠答 → <2% 文人士大夫
- 题壁 → <10% 识字的人
- 互补产品 / 音乐 / 舞蹈
- 组合产品 / 传奇 → 90% 不识字人组成的大众市场
- 口传 / 诵读 → 90% 不识字人组成的大众市场

李贺的创新。李贺是传承屈庄李白的传统，是诗史上最著名的歌唱忧郁和苦闷的诗人，《沧浪诗话》将其风格命名为"长吉体"，其手法介于韩愈怪奇与李商隐自我之间，即其创作来源仍是源于生活或读史而非心象，但其想象诡异、构思幻诞，故名"诗鬼"。北大陈贻焮教授在《唐诗论丛》中析道："对某一史实或生活中某一事物偶有所感，便从一点申发开去，精骛八极，神游千载；既要从现实中解脱出来，力求想象的荒诞，又要紧紧地依据生活经验，力求感受的真切和形象生动，并设法将这对立的两方面统一在同一诗歌意境中。"

竞争导向切入，宋诗的创新。宋诗接续唐诗，何以另辟蹊径？宋初是模仿，"白体"学白居易，"西昆体"学李商隐，"晚唐体"学贾岛姚合；直到欧阳修、梅尧臣、苏舜钦登上诗坛，方开宋诗一代之面目；宋诗在王安石、苏轼、黄庭坚争雄诗坛后进入全盛，其中黄庭坚开创"江西诗派"，成为宋朝诗家宗祖，并与陈师道、陈与义为该派三宗；进入南宋则陆游与北宋苏轼异代双峰，同时又与尤袤、范成大和杨万里合称中兴四大诗人；南宋末年的永嘉四灵、江湖诗派才枯情竭，最后文天祥以《正气歌》结篇宋诗。

唐宋之异，缪钺《诗词散论·论宋诗》云"唐诗以韵胜，故浑雅，而贵蕴藉空灵；宋诗以意胜，故精能，而贵深折透辟。唐诗之美在情辞，故丰腴；宋诗之美在气骨，故瘦劲"；钱钟书《谈艺录·诗分唐宋》云"唐诗多以风神情韵擅长，宋诗多以筋骨思理见胜"，因为宋诗"以文字为诗，以议论为诗，以才学为诗"（《沧浪诗话》）。一言以蔽之：唐诗是诗人之诗，宋诗是学者之诗。

重新发明诗歌——颠覆式创新之"词"的出现。《旧唐书》曰词是"胡夷、里巷之曲",它所配合的音乐主要是风行一时的燕乐,乐器是琵琶,繁复多变,能创制出优美的乐曲。而诗作演唱时,其长短一致的弱点就暴露了,所以词初称曲词或曲子词,因它能兼容诗的文学性与世俗的音乐性。词分为小令、中调与慢词,创作者大都是民间乐师,后来才发展到文人词。

中唐戴叔伦、张志和、白居易、刘禹锡等都曾采用小令来创作,晚唐主要是温庭筠和韦庄的花间词,南唐则是李后主和冯延巳,王国维认为"词至李后主而境界始大,感慨遂深,遂变伶工之词而为士大夫之词"。

宋初基本是花间词的延续,晏殊、晏几道、欧阳修等,小令为主。词到柳永,气局焕然一新,使得慢词与小令平分秋色。但使得词与诗分庭抗礼的历史使命则由苏轼完成,苏轼以诗为词,开创了豪放派,也提升了婉约词的格调,并撼动了词对音乐的依赖,从此,词成为一种"无意不可入、无事不可言"的独立的新型诗体形式,"诗庄词媚"的观念就此破局。而后周邦彦集大成开创"格律词派";进入南宋则是辛弃疾从苏轼"以诗为词"进而"以文为词"……终于,词从诗的旁支而与诗并驾齐驱,并成为有宋一代文学的代表。

请君莫奏前朝曲,琵琶起舞换新声。唐宋之后,我以为有两条谬途:

一路是惟承古典的元明清诗,但终未超越唐宋两大藩篱,历经元朝元好问,明七子复古唐音被批瞎盛唐,清代王渔阳、纳兰性德回光返照,龚自珍后油尽灯枯,创作走向陈词滥调和为赋新词强说愁的无病呻吟,另外则是诗的词汇与日常用语完全脱节,同时过严的格律束缚了创作自由,尽管有晚清黄遵宪、梁启超的文学改良和民国学衡派的以新材料入旧格律。

另一路是过度自由的新诗,始于1915年新文化运动和1917年文学革命,胡适提倡以白话入诗,并废除旧体诗的一切形式束缚,其后郭沫若《女神》,新月派徐志摩、闻一多;现代派卞之琳、戴望舒;象征派王独清、李金发;现实主义如七月诗派胡风、艾青……绵延至今,如朦胧诗北岛、顾城等。但过度自由恰恰扼杀了自由,新诗最后成为没有内在韵律节奏形式的换行的散文,其实一切艺术的通则就是戴着镣铐跳舞,尽管格律镣铐必须放宽。

我从2013年写诗论"唐诗跨界互联网"时,逐步形成了新古典诗观与艺术自觉,然后定下"板凳须坐十年冷"的知行合一规划,一方面遍读诗论诗集,另一方面周游历代诗人故居谪地,本部收录完成了三合一的诗篇:读完了传记、读完了选集,且拜谒了故居谪地。

创作论：重新发明诗歌
——我对创作的思考与开宗立派之尝试

创作框架。我用半面创新体系架构了自己的创作框架，如图，这样，诗歌产品与各行各业的技术产品归约为一个体系：

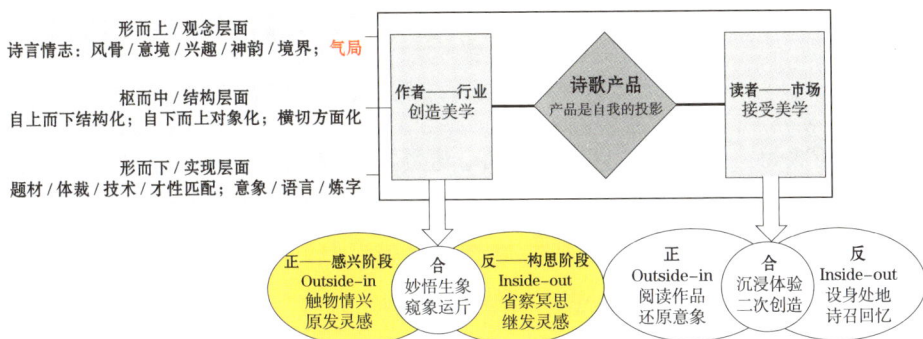

概言之，诗的生成分为两个阶段，第一段是主客体偶触而感兴，见景即物刹那触动了心灵深处的情愫意绪，Outside-in 激发原发灵感；第二段是主观世界的理智构思，在最初的情感反应过后进入静观冥想，思索省察而 Inside-out 出继发灵感，于是妙悟生象，再后窥象运斤，主体经审美提炼而生成意象画面，再通过谋篇布局与斧削刀琢，将其纳入诗艺范畴，最终生成用户界面是体裁、格律、文字的诗歌产品。读者通过阅读感知，在头脑中还原意象环境并设身处地，从而唤醒内在生命中的点点回忆，获得与诗人灵犀相通的沉浸式体验，甚至还可能误读或根据自己的人生经验而二次创造。

捻捏一词：诗以"气局"为上。决定创作的关键是上图左部"形而上"的观念，即魏文帝曹丕的"意在笔先"，刘勰用风骨、钟嵘用性情、严羽用妙悟、王渔洋用神韵、王国维用境界，我捻捏一词，曰"气局"，这个"气"借用中国传统哲学，指构成宇宙万物的基质和本源。道家老子的"道生一"之"一"曰元气，庄子《知北游》曰"人之生，气之聚也"；儒家《国语·周语》

曰"夫天地之气，不失其序"，孟子《公孙丑上》"浩然之气"。故"气局"不妨理解为主体之气宇格局渗入诗内而氤氲诗外，其底层逻辑是主体自我认定的生命价值，即弗洛伊德的超我，因为产品是自我的投影，诗歌与艺术是自由意志、生命精神与终极关怀之投影，如下图。由是导出人类最高标杆，各大文明之首的孔圣、基督、释佛、苏格拉底，立心天地、普度众生之大爱大悲悯；等而下之，千古诗史近此气局者，我以为杜甫、但丁、莎士比亚、歌德等几人而已。

超我之小我
从自我以己推人
求真/求善/求美

自我之气局
自由意志
生命精神
终极关怀

超我之大我——大爱
大悲悯
孔圣/基督/释佛/苏格拉底
为天地立心，替人类代言

我对大诗人大艺术家之界定：初心进路、杰构伟作、开宗立派。标杆既定，我将诗人艺术家之进路分为三阶：初阶曰"正"，凭天赋才情、风月弄弦、香翰透轩，纵才率意，任情恣肆；中阶求"反"，凭情怀与智识，读万卷书、行万里路，独立精神、自由思想；最高进阶曰"合"，重回生命中的纯粹与真性情，艺术成为自由意志之寄托，成为践行梦想、表达思想及实现自我价值之凭借，此时的创作是基于内心之冲动、响应心灵之召唤，艺术因情因爱、因家国情怀与生民艰辛之大爱、因人类梦想与苦难历程之大悲悯而生，又以其孤傲执著、牺牲世俗为代价，故是对自我生命成为永恒之渴望，如斯，则跨入大诗人大艺术家之门槛。

门槛过后是创出杰构甚至伟大作品！因为情感是人类的本能，一切艺术都是生命激情升华的自由表达，是诗人艺术家的心灵小宇宙与大自然、与人类社会、与艺史诗脉、与自我刻骨铭心的心路历程对撞磨合并最终超越的结果。大诗人大艺术家无一不是生活在自我的观念与想象的世界中，他们通过敏感而纯粹的心灵构建了自己的精神家园，它与现实世界充满着冲突与无奈，因此艺术家的生活比世俗中人更多失意挫折，屈陶李杜苏无一例外。而这张力既是艺术家之宿命，更是其灵感之源泉，因要源于生活扎根体验，舍此顿失创作之活水；又要高于生活特立独行，舍此难有俯瞰一切之气局。

最高是开宗立派！康德谓之是能够为艺术制定规则的人，他们不善效法而是自成典范，不懂教条而是本能实践。阿尔弗雷德·爱因斯坦谓之是熟练掌握规则、可以个性化运用规则并能最终超越规则的人。因为诗与艺术不是叙述世界，而是创构世界。我们生活在人造的自然、人造的道德或宗教世界，但礼法岂为吾辈所设，惟有怀揣良知梦想与苦难历程的内心感召，自我观照、自我批判，继而用生命中的爱、大爱、大悲悯的自我升华，才能用现实扭曲力场去重新创构世界、重新发明诗词。更有甚者，其道一以贯之，进而笼罩千秋而化为一种生命符号，屈原之悲愤壮烈、陶翁之遗世独立、李白之天纵才气、杜甫之悲天悯人、东坡之旷达苦难，乃至成为民族精神之侧影、生命寄托之象征。

我试图开宗立派之探索。新古典主义诗歌之十载探索，我尝试了近十种可能的突破方向，本诗集仅收录我认为完全成熟的三个方向，过去、现在与未来：

其一，过去，对话中华诗史诗脉。能否横切诗史，截断众流，书写出重磅的内容创新，探索出崭新的形式创新，甚至开创出最高段位的技术创新。不妨以诗剧《天国诗酒话情爱》来说明这三大尝试。

内容创新方面。我尝试与整个诗史对话，故取五大诗子屈陶李杜苏，另设千古第一才女李清照串场，谈人间缘情爱恋，因为文学的最高与永恒母题是爱情，但古代中国士大夫社会强调稳重矜持，所以古典诗中爱情诗数量与比例极低。我让每位代表人类的一种爱情模式但又有其缺憾：屈原是柏拉图式，爱在终极意义上不可实现；陶渊明是爱我之人非我爱之人，终生为情所困；李白是自由浪子型，不负责任，但又愿为爱放弃自由；杜甫是相濡以沫白头偕老型，但无一见钟情乍见欢；东坡是多情种子，还有灵魂伴侣但又早亡；李清照是一见钟情且互成灵魂伴侣型，但相处日久陷婚姻围城。

形式创新方面。黑格尔《美学》、斯塔格尔《诗学的基本概念》等西方诗论认为诗分三类：一是抒情诗，中国主要在此；二是叙事诗，荷马史诗等，中华杰作仅四——《木兰辞》《孔雀东南飞》《长恨歌》《琵琶行》，本集也收录了我几首叙事长诗，如写李清照悲欢离合的《一生有四季，千古此风流》；三是诗剧，《浮士德》等，这是中华诗史的空白，我在此一试，不光是填补空白，更重要的使命，所谓一代人有一代人之文学，按照半面创新"起承转合"的算法逻辑，唐诗宋词之后是明清直到现在的小说，小说成为文学大宗，如何拯救古典诗词，我立意在"合"处跨界诗词与小说，即如果把《红楼梦》比为小说中的诗，则《天国诗酒话情爱》是诗中的小说，这就是诗剧形式之起心正念，将诗歌音韵、意境之美与小说的故事、对话与戏剧冲突进行统合，从而开创出一代文学之形式。呜呼！诗之将废也，文不在兹乎！故我创作了不少长篇大制，本诗集节选了四五个。

技术创新方面。诗剧用什么技术来写？仍按半面创新的算法逻辑推演，我先将沈祖棻《唐人七绝诗浅释》引施子愉先生就《全唐诗》中存诗一卷以上的诗人的作品所用的技术做统计分析，如图：

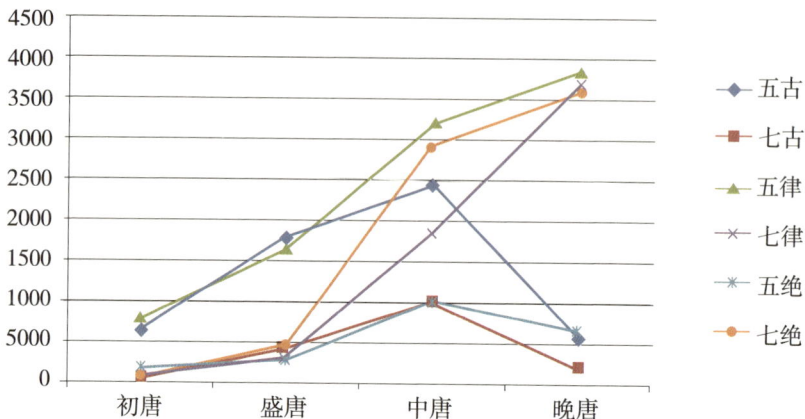

可见，就诗体技术数量而言，五律最多，七绝其次，七律第三；就技术演进趋势而言，从自由的古体诗向骈偶声律的近体诗方向发展；亦即盛唐一过，五律、七律、七绝三种技术大幅增长，因为严格的规范使得才情一般的人也能依葫芦画瓢，而呼唤诗人想象力创造力的五古、七古等技术陡然没落。

根据算法逻辑，下一步"合"处，我将书写诗剧的技术命名为"技术立体主义"，即将古典诗词所有技术——古体（五古、七古、杂古、乐府、歌行）、近体（五律、七律、排律、五绝、七绝）、各种词牌与变调等兼收并用，当然诗剧既然是诗歌与小说的跨界且偏诗歌，所以主线技术我采用五古和七古，它是诗中的自由主义，语言灵动，篇幅不限，可诗可文可赋，对诗人而言可以尽情放飞自我，不过对五古七古的声韵不究，我还是将音韵和放宽的平仄加上。同时，在戏剧冲突中，技术的选择与人物的才性和场景匹配，五古朴实清淡，七古豪爽浩叹，律诗清壮秀雅，绝句含蓄温润；甚至我还尝试"技术综合立体主义"，如在《诗乐剧·企家枭雄汇长江》中，将各个地方戏曲元素植入。

除了兼收并用现成技术，还能创造全新技术吗？我思考过这个千年挑战，并对诗史技术做了全面剖析（由此我断定新诗不会成功，因为音韵是情感与诗之本体，其内生节奏历数千载注入中华民族心灵而成为集体无意识），此处仅概述五律的发明，我还与计算语言的发明类比，尚不成熟，本集不论。

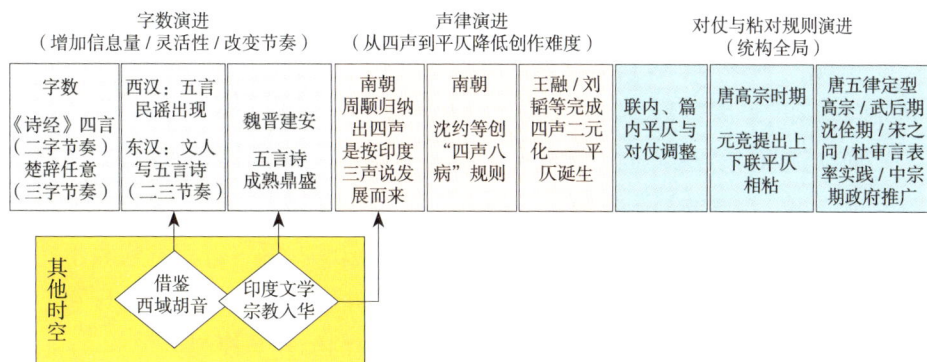

字数演进（增加信息量/灵活性/改变节奏）			声律演进（从四声到平仄降低创作难度）			对仗与粘对规则演进（统构全局）		
字数《诗经》四言（二字节奏）楚辞任意（三字节奏）	西汉：五言民谣出现 东汉：文人写五言诗（二三节奏）	魏晋建安五言诗成熟鼎盛	南朝周颙归纳出四声是按印度三声说发展而来	南朝沈约等创"四声八病"规则	王融/刘韬等完成四声二元化——平仄诞生	联内、篇内平仄与对仗调整	唐高宗时期元竞提出上下联平仄相粘	唐五律定型高宗/武后期沈佺期/宋之问/杜审言率实践/中宗期政府推广

其他时空：借鉴西域胡音／印度文学宗教入华

其二，现在，游刃当前时代精神。当今创新创业时代，引领潮流的是企业家与企业家精神。传统社会鄙视商人的价值，认为其"上争王者之利，下锢齐民之业，皆陷不轨奢僭之恶"（《汉书·货殖传》），于是历代诗词对商人几无不持贬义：李白《江夏行》"悔作商人妇，青春长别离"；白居易《琵琶行》"商人重利轻别离"；李益《江南曲》"嫁得瞿塘贾，朝朝误妾期。早知潮有信，嫁与弄潮儿"。

改革开放四十年，中国崛起了一批现代企业家，他们与传统商人有着本质区别。经济学大师熊彼得认为，企业家的职能是实现创新。管理学大师德鲁克认为，企业家的目的在为顾客创造价值，利润只是价值创造的结果。即传统商人一般低买高卖，利润就是目标，其他皆为手段；而企业家经营的目的是创造顾客，以成事为目标，利润只是结果。

我在十几所大学商学院给 EMBA/DBA 企业家们讲授创新，课后不时与同学们诗酒小聚或下企业调研，课程作业是写一个前半生自传并用半面创新理论来诠释过往并推演后半生，所以我每年要评阅几千份真实的奋斗故事，这些都成为我的潜在素材。

本章我尝试从各个视角描述时代弄潮儿的企业家群体——一个阶层的生活与生命，如长篇大制的诗剧《货殖新传》，以及企业家在各个方面的全景展现，每个侧面各选一两首作为代表，其他与企业家相关的诗篇则散落各章。

其三，未来，思考人类未来命运。是否如科学家需要站在时代前沿一样，艺术家也需要前沿思考，挑战自我认知的边界？我尝试在这个"软件定义一切"的时代自辟宇宙，开创计算美学。

其因，因为自由意志是生命之本质，而创新创造是生命的最高智慧。图灵奖得主小弗雷德里克·布鲁克斯认为"软件系统可能是人类创造中最错综复杂的事物"（《人月神话》），在当今"软件定义一切（Software-Defined Everything，SDx）"的时代已成人类定论，即软件是目前宇宙进化与人类发展到此时此刻的最高智慧，人类文明运行在软件之上。

而软件与计算机模拟仿真大自然与人类社会是通过计算机语言，即维特根斯坦"我的语言的界限意味着世界的界限"，海德格尔"语言是存在的家"，人类自然语言如此，计算机语言也是如此。我选取的每一首诗各代表不同的类别，如人类自然语言与计算机语言的对话，计算机高级编程语言抒写宇宙人生，机器语言0与1抒写宇宙人生，人类价值的编程实现等。

总之，人类个体没有能力去创构一个美丽世界，只能通过诗、通过艺术，当心物偶遇而情兴，一部作品开始孕育，其中潜意识的气局决定了作品的高度与精神价值；创构意象组合而形成的艺术形式、表达这种形式的直觉通感与语言符号系统则决定了作品的艺术价值，于是这诗、这艺术诞生了，更重要的是，创造这诗、这艺术之美的诗人、艺术家，通过创造而成就独一无二的自我，那是一个独与天地精神往来的自由的自我，而美，就在这自由之中！

诗

剧

天国诗酒话情爱

（六幕诗剧）

引 子

赫赫大诗国，屈陶李杜苏，
清风拂纸页，平仄入高孤，
天地才情泄，欣然有遗珠，
神州千古脉，孰笔续青殊？
……
此去已千载，千载传佳名，
话说李清照，天国设酒亭，
宴请五诗子，一觞一咏评，
诗论缘情爱，脉脉有余情。

　　诸人共推屈子端坐主位，其他围绕圆桌按年代落定座次为陶翁（坐屈子右边）、太白、杜公、东坡、易安（坐屈子左边），由屈子左右的陶翁和易安双主持酒局，酒过三巡，陶翁开场……

序幕：何谓人间最美爱？

陶翁（提杯起身，对屈子一揖，环顾诸人）：
无常撩世事，风雨弄红尘，
汉字万千个，情爱最销魂，
情始怦然动，爱尽泪氤氲，
红尘在世何为好？惟此红尘情爱心！

（面向易安，念白其《夏日绝句》并抬手有请）
生当作人杰，死亦为鬼雄，
至今思项羽，不肯过江东。

易安聚五子，诗论缘情爱，
人世惟情身不由，人间惟爱总无奈！

开场有请千古才女易安妹……

易安（起身，对陶渊明拱手一揖，并作揖其他诸子）：
诸诗子在上，焉敢居才女，
引玉先抛砖，小妹从吾《夏日绝句》项羽虞姬起……

千年辞夏各西东，生作人杰死鬼雄，
曾忆人间最美色，天光双影觅诗踪。

吾最羡虞姬，有夫盖世强，
更怜一剑刎，铿锵殉慨慷，
红颜多薄命，混沌入洪荒，
奈何后世瞎胡和，惟叹虞兮虞兮恸断肠！

据传汉朝佚名诗，代虞姬和《垓下歌》，其诗曰：
汉兵已略地，四面楚歌声，
大王意气尽，贱妾何聊生！

怎堪忍：
力拔山兮气盖世，时不利兮骓不逝，
一代美人大格局，焉出此语徒丧气！

依小妹所见：
虞兮虞兮奈若何！垓下悲歌岂可辱，
设处当时绝境地，末路英雄徒尔汝，

面对儿女情长爱，美人勇气犹当睹，
慰王胜败兵家常，卷土重来未可卜，
更当决绝不拖累，强请霸王江东渡，
泪歌此爱刻入骨，美人曲终拔剑舞，
未等霸王稍反应，一刎香消魂归楚，
重为虞姬和垓下，小妹赋诗或可补：

四面楚歌起，江东犹可期，
待王卷土日，重与妾魂依！

东坡：

呜呼易安妹！正所谓：
一刎殉情夜阑珊，水上生花漫夏湾，
皎皎情心对朗月，乌江奔泪起狂澜！
吾与易安同朝代，诸位诗兄要不吾先接易安。（与诸子一揖，面向易安）

此事越千年，怎道是：
伸手触情爱，千载有余温，
眉波流转处，心事尽横陈，
吹颈翰香漫，赌书泼茶嗔，
山河寄血泪，驱胡铁马奔，
做个才女丈夫真不易，易安理想之爱当是旷世才子还勇冠三军！

嗟乎哉：
何谓人间最美爱？何为人世最深情？
吾惟盼：
深情若书静有涵，痴爱如诗纯且灵。

杜公：

大哉一问何谓人间最美爱！
吾惊那一刹，仿从地老天荒时，
吾誓那一生，愿到天涯海角处。

太白：

　　大哉一问何谓人间最美爱！
　　天光情爱晨柠水，此生岁岁忆青檬，
　　人生真谛在自择，却言无憾不人生。

陶翁：

　　大哉一问何谓人间最美爱！
　　雨轻疏籁寂，幽谷紫兰香，
　　淡雅生孤静，夜阑梦未央，
　　高音千古少，孰与论青苍，
　　但得紫仙对朗镜，且伴风吟王者香！

　　屈子意如何？

屈子（捋须、颔首、点头、沉思，喃喃自语）
　　何谓人间最美爱……

陶翁：

　　呜呼何谓人间最美爱？
　　何若诸子细说汝之灵魂知己幽谷紫兰王者香！

第一幕　李清照场

陶翁（面向易安，微微一笑，抬手有请继续）：
　　何若仍请易安妹！
　　鸥鹭惊飞一世梦，青苍清水此芙蓉，
　　朱唇勾月余音缕，旎眼沐兰香独浓，
　　垓下和歌痴小妹，溪亭醉饮伴诗童，
　　落凡天使何憔悴？犹爱才情胜雅容。

东坡：

　　最是易安《一剪梅》，人间至爱竟哪般（念白李清照《一剪梅》）：

　　红藕香残玉簟秋。轻解罗裳，独上兰舟。

　　云中谁寄锦书来，雁字回时，月满西楼。

　　花自飘零水自流。一种相思，两处闲愁。

　　此情无计可消除，才下眉头，却上心头。

　　不过为兄提个醒，《丑奴儿》词意太露，

　　金风玉露一相逢，虽胜却人间无数。

易安：

　　一声叹：

　　娉娉袅袅三十余，春风十里青州路，

　　香兰独茂为才子，羞与众草为侪伍，

　　才女两字一生累，为爱痴狂心却苦，

　　任它历朝历代伪君子们卫道士们责无数！

　　吾词道（念白李清照《丑奴儿》）：

　　晚来一阵风兼雨，洗尽炎光。理罢笙簧，却对菱花淡淡妆。

　　绛绡缕薄冰肌莹，雪腻酥香。笑语檀郎：今夜纱厨枕簟凉。

陶翁：

　　呜呼赞易安：

　　为诗人者大自在，怀诗心者永真淳，

　　礼法岂为吾辈设，但托风月对俗尘！

东坡：

　　呜呼易安曾记否？

　　萧萧黄叶闭疏窗，沉思往事立残阳，

　　赌书消得泼茶香，当时只道是寻常。

易安：

　　寻常事，最哪堪：
　　残阳疏籁暗香幽，漫道花妍欲诉愁，
　　种豆采悠归酒隐，赌书泼俏以茶筹，
　　独孤憾未爱相慰，相爱终究孤独休，
　　最是情痴悲喜咒，且陪淡菊一程秋。

　　何曾忘：
　　两心两旖旎，两望两书呆，
　　两情两缱绻，两默两眉开，
　　执手牵凉暖入怀，枕香轻拢鬓缠腮，
　　已经经已魂连梦，仍却却仍怨远猜，
　　吾惟盼：惺惺两魂一生共看人间烟火风拂开！
　　正所谓：
　　栖诗弄卉在凡尘，一枕风流无限春，
　　君拟诗题吾作赋，吾诗赋罢君评斟，
　　莲心尝苦回甘泪，玫瓣摘香倒刺嗔，
　　最美人间何所似？互成彼此更佳魂！

东坡：

　　呜呼易安妹，坦言之：
　　吾倒同情汝之檀郎赵明诚，缒城宵遁毕竟他是一书生，
　　《夏日绝句》实乃索其命，何若一声"原谅"天国重添灯。

　　君不见：
　　《夏日绝句》似剑划，
　　斩断情花，肠断情花。
　　生离痛甚死别哀，
　　日暮夕沙，寒桥孤鸦。

　　建议君：
　　送声"原谅"到天涯，

檀郎醉霞，小妹醉霞。
千年神鹿再回眸，
春馨入芽，万里浮槎。

易安：

呜呼坡兄，君不见：
俗尘何渺渺，天意何茫茫，
情亲数十载，红瘦绿肥亡，
倾心曾刹那，痴爱终孤凉，
入心一世恋，一世叹无常。

仍忆青梅嗅，绛唇绽露香，
缘让人相遇，情使心翩翔，
彼时花醉月，清曲悠悠长，
执手共掌温，拥吻凤求凰。

花月化烟云，诗泪伴花君，
包容因爱切，迁就因情深，
缘起缘终灭，花开花落尘，
今生今夜何人伴，来世来年何路寻！

太白：

呜呼易安妹！
孤兰幽谷立，众草共倾轧，
若得清风拂，香气为伊发，
人生何短暂，相爱总相杀，
过于现实人薄情，汝之所爱诗中他！

杜公：

非也太白兄！吾却道：
人生何短暂，遗忘何漫长，
与草为侪非不逢，纵使无人兰自香，

孤独源自情深始，明朝艳阳又新阳，
何如挑尽春风独赏浮云漫青苍！

陶翁：

易安这次第，一个愁字怎了得：
来如春梦起，去似残阳红，
缘起只需一照面，缘尽却如万念空。
呜呼哉！
转身灯火成长夜，相知不敌世如霜，
煨暖时光惟知己，吾谁与归对饮古今共一双！

不知屈子意如何？

屈子：

声声慢，尘烟陌上萧萧散，
声声叹，从来好聚难好散！

易安：

感呼哉诸子！声声慢：
多少次，梦里蓦然忽邂逅，
醒又怕，相逢无措空折柳。

感呼哉诸子！声声叹：
何幸遇斯君，觅得真自我，
却道太自我，贪嗔痴难躲，
人皆在局中，围城犹设锁，
失去方追忆，紫兰曾朵朵，
一诗一泪一生情，蓦然天涯是故我，
历尽沧桑更念君，此生不枉与君栖诗弄卉共烟火！

第二幕　苏东坡场

易安（面向东坡，拱手一揖）：

却道坡兄多情种，王弗闰之与朝云，

曾经沧海难为水，兄却巫山皆是云，

取次花丛《江城子》，深夜记梦梦弗君：

端的是（念白苏轼《江城子》）：

十年生死两茫茫，不思量，自难忘。

千里孤坟，无处话凄凉。

纵使相逢应不识，尘满面，鬓如霜。

夜来幽梦忽还乡，小轩窗，正梳妆。

相顾无言，惟有泪千行。

料得年年肠断处，明月夜，短松冈。

陶翁：

呜呼哉坡兄！

岁月泛黄陌上草，人间斑驳此情痴，

朝夕相对蓦然隔，两处伤神两不知，

时光深处总孤寂，纷繁背后有哀思，

但怀曾共看花意，何若拈花一笑赋新诗……

易安：

呵呵坡兄坦言之：

汝虽学际如天人，汝词句读不葺诗！

但向坡兄究学问：

欢乐趣，离别苦，就中更有痴儿女，

问世间情为何物，直教人生死相许！

东坡：

大哉问！

当年乌台夜凄凄，愚兄两赋绝命诗，
一赋托弟来生愿，一赋身后愧老妻。

凭谁问，何处是人间：
天梦寻馨何浩渺，骄阳煮海有遗珠，
人生惟美与爱邂，爱本上天赐凡俗，
万古青山织翠锦，过眼云烟影不孤，
最是深情留不住，余生有爱满归途。

易安：

好个余生有爱满归途：
十年生死悼王弗，乌台诗案愧闰之，
天涯何处无芳草，江南朝云岭南辞。

吾猜坡兄曾是哼哼唧唧对朝云：
我生君未生，君生我已老，
我恨君生迟，君恨我生早。

东坡：

好个伶牙俐齿易安妹：
高情已逐晓云空，浮屠是瞻伽蓝依，
惟有朝云最知我，不合时宜此肚皮！

嗟乎灵魂伴侣忆朝云：
春雨蒙蒙，春水淙淙，
一树春浓情亦浓，
怜她一分，疼她一分，宠她一分，
人间春色只三分，
却怎地，一树相思一落红。

三世修缘，三州一生，
三世换得三州轻，

黄州夏娠，惠州秋坟，儋州冬魂，

人间离合总伤春，

凭谁问，天将百杀助诗成！

陶翁：

呜呼坡兄皆占全：

何幸世间有浪漫，汝之所爱亦爱汝，

何幸世间有知己，人生得一不孤独。

不知屈子意如何？

屈子（先念白苏轼《自题金山画像》）：

心似已灰之木，身如不系之舟。

问汝平生功业，黄州惠州儋州。

见伊方得真自我，幽谷紫兰独倚风，

岁月深处一抹愁，幸有良人长夜点孤灯！

东坡：

呜呼哉屈子、呜呼哉陶翁：

小楼听苦雨，幽谷嗅兰香，

常思何处来，常念去何方，

情爱难敌流年水，秋霜若雪催秋黄，

人世堪如梦，红尘是异乡！

杜公（对东坡拱手一揖）：

呜呼坡兄君不见：

朝府营营奔竞士，俗尘苟苟孔方兄，

风雅去去不复返，诗影寥寥愁满容。

凭谁问：

日月星辰芳草地，何处不能寄此生，

但浸爱心诗酒中，打点流光更从容！

太白（起身对诸位一揖，再坐下身子往椅背一靠）：
常思何处来，常念去何方，
坡兄天问人生此无常！

端的是：
大地此身立，天瀚此灵倚，
礼法岂为吾辈设，一生当始爱自己。
爱己推及人，爱是诗之始，
诗在爱中孕，诗是爱之子。
笔落杰作出，诗心风掣马，
杰出到伟大，大爱方催化。

君不见：
生命无非一遇合，惟爱惟美惟自由，
良人相伴即良辰，吾愿自由换爱囚，
此刻流光无限转，朗镜高悬兰香幽，
人道是，吾侪布衣卿相万古诗名留！
来来来，将进酒，
酒是人间诗，诗乃人生酒，
诗酒即自由！

东坡：
哈哈君不见：
李杜文章在，光焰万丈长，
谪仙何率意，诗圣何狷狂，
憾生李杜后，吾心幸亦徨，
但得此心安放处，何处他乡不故乡！

吾惟愿：
壮志功名一盏酒，驻足流光品回声，
人生在世孰归与？一帘春梦真性情，
现实凌乱压春梦，谁人长夜点孤灯，

一醉人间何处是？兰心淑世任飘蓬！

易安：

哈哈旷达此坡兄，汝与太白俱为仙：
谪仙举杯邀明月，坡仙把酒问青天，
何当谓：
大鹏一日同风起，吾侪风鹏正举九万里！

第三幕　陶渊明场

易安：

吾来问陶翁：
采菊东篱下，种豆南山陲，
汝自独悠然，夫人何苦随，
夏日长抱饥，无被寒风吹，
却赋十连愿，梦里何情追！
须质问陶翁：
孰是朱砂痣，孰是白月辉？

陶翁：

易安小妹问得是，吾曾十愿赋闲情：（念白/改引陶渊明《闲情赋》）
愿在衣为领，华首承余芳；
愿在裳为带，窈窕束纤身；
愿在发为泽，玄鬓刷颓肩；
愿在眉为黛，瞻视随闲扬；
愿在莞为席，弱体安三秋；
愿在丝为履，素足附周旋；
愿在昼为影，依形常西东；
愿在夜为烛，玉容照两楹；
愿在竹为扇，凄飙含柔握；
愿在木为桐，膝上作鸣琴！

东坡：

哈哈易安妹：

昔人非议《闲情赋》，吾道小儿强作解！

每体不佳吾读陶，一次一篇惟恐读尽吾忧难排解。

不过道一声陶翁：

烟花烂漫《闲情赋》，静水流深是姻缘，

烂漫爱情皆一瞬，美满姻缘难两全，

佛曰最贵非失去，佛曰最爱非未圆，

何如珍视正拥有，莫负曾经携手缘。

易安：

哈哈陶翁当是一见此情钟：

敢问可曾为伊痴醉一盛夏？敢问可曾为伊失眠一寒冬？

紫兰幽谷无言诗，情痴自是苦中生，

惟有爱心不愿灭，方始活在思念中。

正所谓：

人间忽至惊鸿影，陶翁低到尘埃中，

最美人生何所似？诗酒红袖夜添灯，

汝娶之人非汝爱，汝爱之人一去空，

思恋早知如是苦，何如那日未曾逢！

陶翁：

噫吁嚱！

今夜孤轮月，人间斑驳烟，

思伊伊在怀，怀伊伊在牵，

爱过故慈悲，懂得方纾宽，

凄凄不了情，此生诗酒间。

凭谁问：

冥冥命中定，注定此命天，

到底命在前，抑或注定先？
至亲至爱人，本散若经年，
树影缠树根，此生不识缘。

呜呼哉！
幽兰含薰孤自赏，纵浪大化乱风忽，
人生路似正反合，凡俗脱俗再返璞？
生来赤裸尢中全，走无牵挂又入无，
且自流连诗与酒，红尘一寄是孤独！

不知屈子意如何？

屈子：

因为力无能为，故而顺其自然，
因为心有所恃，故而随遇而安。

杜公：

呜呼哉陶翁！
宽心应是酒，遣兴莫过诗，
愿得一知己，体验情爱痴！

怎道是：
入情一生恋，入心一世孤，
初见遂为心头影，而后见谁皆若初，
何人在世喜孤独？
偏偏却：时光深处是孤独！

太白：

非也子美兄！
风月交平畴，田园归寄悠，
嚣尘此独奏，五柳伴诗因，
何幸与己处，观魂自在眸，

人生孤独何灿烂，爱孤独即爱自由！

易安：

呜呼陶翁此孤独：

曾也以为走不出，现却已经回不去，

念念不忘无回响，情爱惟凭想象续，

天地风云一盏酒，万丈红尘如梦吃，

田园将芜胡不归，但凭笔墨抒托寄。

陶翁：

怎道是：

蛰卧几春秋，蝉鸣一夏没，

化灰炙火投，蛾尽命中诺，

大地偎芳华，天苍驰宕魄，

那日紫兰幽谷仙，当是倩影惊鸿落。

刹那如风过：

心动莫名如命定，前世恩亲久忽还，

借问此花何处寄？最美年华付流年，

漫卷绿潮伴心海，灵魂深处此悠然，

田园将芜胡不归，归去来兮梦中欢……

第四幕　杜子美场

易安：

端的是：

冥冥命中定，绝代有佳人，

愿得佳人心，执手白头吟，

坡兄太白陶翁多情种，杜公却是一生一世一双人。

（转脸对杜甫，拱手一揖，念白杜诗《月夜》）

今夜鄜州月，闺中只独看，
遥怜小儿女，未解忆长安，
香雾云鬟湿，清辉玉臂寒，
何时倚虚幌，双照泪痕干。

吾先批杜公，虚荣好面子，
明明思妻儿，却说妻思己，
读后回肠荡，爱深心细腻，
老妻胜新婚，诗圣情真挚。

杜公（起身拱手，对众人一揖）：
君不见：
攘攘熙熙世，明明灭灭光，
安史之乱起，举国皆惊惶，
拟携妻儿去，却留挽国殇，
岁月常寂寥，宇天道阻长。

常忆起：
粼粼情起荡，脉脉魂生香，
世间遇此妻，红尘忽嗅蔷，
缠绵花蕊露，缱绻起丝篁，
心灵归有寄，生命重轻扬。

怎道是：
身居千里外，孤烛对寒窗，
思恋与妻聚，夜长梦未央，
常念相偕老，山水尽徜徉，
落霞伴孤鹜，温火熬羹汤。

易安：
哈哈好一个杜公：
长安星，鄜州月，

不能执手看泪眼，却也语凝噎，
愿汝如星妻如月，夜夜流光相皎洁。

东坡：

微斯人！
但执此子手，与子偕姻亲，
人生何妙曼，相爱若斯深，
激情不耐久，轰烈终凡恩，
相濡常以沫，爱人变亲人。
何欣欣：
一手掬水星与月，眼前人是心上人，
吾谁与归诗圣杜公心！

陶翁：

鸣呼哉杜公：
心神无端荡，撩拨尽情丝，
别后攒千言，聚时默对痴，
念久成执念，思久成苦思，
聚后盼复聚，爱到情浓时。

不过为兄亦劝汝：
人生一过客，何必千千结，
聚散有时亦有期，无需太在意离别。

屈子意如何？

屈子：

分别时难见更难，人生何幸相思慰！
何谓人间最美爱之味？缱绻缠绵、魂销肠断、难解难分、如痴如
醉……
正所谓：
此身合是诗人未？却道爱上“爱”之味！

易安：

呜呼杜公三句话，两句不离是老妻：

老妻书数纸；老妻忧坐痹；

老妻寄异县；偶携老妻去……

怎道是：

倾心一瞬短，情意万年绽，

久处无厌是责任，杜公应有憾！

莫道相爱花开瞬，敢问杜公可曾有过醉倒人间乍见欢？

杜公（拱手对易安一揖）：

吾常忆：

那年始相会，仲夏在国都，

未逢灵已笑，倾心一见初，

紫兰藏幽谷，吐蕊含天珠，

一雨情根种，草庐径入无，

云水古田绿，嘉禾是岁熟，

伊询稼圃事，斯士怀迟独踌躇，

奈何三问三不知，自嘲子曰此事不归儒！

君可知：

今夜妻生辰，遥念鄜州亲，

入口惟黄独，发白皮肉皴，

茅屋怜烛短，寒夜孰牵温，

千里惟思寄，天涯托月魂。

太白：

别来仍瘦作诗苦！呜呼子美兄：

你我在人间，忆曾并马嚼，

笑傲尘间客，两聚却永诀，

契阔成别鉴，恣肆亦遭蔑，

思君若汶水，浩荡南征借，

何幸世间有离别，吾辈方惜此相偕，

人生自古皆遗憾，最憾非在离别乃在所择非自抉！

吾自独往天地自由自在任婆娑，爱自由胜爱一切！

易安：

呜呼哉诸兄：

弱水一瓢饮，各醉此中味，

但得桃花源，栖诗又弄卉，

别后时牵挂，和美亦含泪，

何幸堕情网，羽翼不在背。

第五幕　李太白场

易安：

好一个爱自由胜爱一切！

太白仙（面对李白，拱手一揖）：

不见李仙久，佯狂真可哀，

世人皆欲杀，吾亦不怜才，

终生胡逛荡，何责付家斋？

一曲《长干行》，却道青梅竹马两小无嫌猜！

太白（对易安拱手回揖，念白《长干行·其一》）：

妾发初覆额，折花门前剧。

郎骑竹马来，绕床弄青梅。

同居长干里，两小无嫌猜。

十四为君妇，羞颜未尝开。

低头向暗壁，千唤不一回。

十五始展眉，愿同尘与灰。

常存抱柱信，岂上望夫台。

十六君远行，瞿塘滟滪堆。

五月不可触，猿声天上哀。

门前迟行迹，一一生绿苔。

苔深不能扫，落叶秋风早。

八月蝴蝶来，双飞西园草。

感此伤妾心，坐愁红颜老。

早晚下三巴，预将书报家。

相迎不道远，直至长风沙。

易安：

呵呵李太白：

东边日出西边雨，道是有晴却无"晴"，

自君一别泥入海，从此李郎路人甲乙或丙丁！

汝倒逍遥抽刀断水水更流，

可想汝妻举杯消愁愁更愁？

追问李太白：

也曾一诺居家陪，亦告速回赴与偎，

却道难存抱柱信，但求解剑信陵危，

人间真爱最该负，千里乱云管甚吹，

可否怦然深爱过？青梅竹马当时归。

太白（站起，先拱手环对诸人一揖，最后面对易安）：

呜呼哉：

仍忆结发夜，结发此女神，

新嫁羞未开，娇颜清无痕，

红唇燃炽热，迷眼泛微醺，

呼吸吐纯露，悸颤两身心，

命运彼此敞，响濡岁月魂，

缘分不停在少小，天人合一满氤氲，

出水芙蓉新诗赋，惟愿此情伴此身。

仍思念：

那日晨初醒，长夜露微曦，

静赏枕边爱，怕扰梦中伊，
羞发挂迷离，嘴抿倚涟漪，
斜率划眉眼，香旻缀不羁，
无边眷恋弥方寸，丝丝疼爱起须臾，
此是诗中情与爱，抑或人间爱若诗，
细数流光两小无猜起，当时曾思一眼万年依！

易安：

  呵呵风流最太白！
  那夜春风对酒，炙浪温澜吹皱。
  醒问爱为何？爱是情深不寿。
  知否，知否，一月几斤曾瘦？

  仍须驳太白：
  忍将一诺漫游换，先误今宵，再误明朝，
  这辈不长下辈迢。
  终将错过人间色，不是错了，而是过了，
  却道悠悠前世邀。

  哪怕青梅竹马两性相吸、两情相悦、两心相契、两命相印未必终生依！

杜公：

  是啊太白兄！
  凉风起天末，君子当有意，
  可怜太白妻，呜呼庭院深深深几许！
  泪眼问飞花，脉脉不得语，
  盈盈一水间，乱红随风去，
  酒入愁肠相思泪，无可奈何花落去。

东坡：

  怎一个谪仙：

麾斥八极隘九州，谪仙非谪乃其游，
若见谪仙烦寄语，匡山头白归且留。
杜公甚是！太白兄：
似此星辰非昨夜，人生自是有情痴，
来日未必能方长，莫待此情成追忆！

陶翁：

嗟乎太白兄！
平凡人世间，爱乃神之宠，
一世若无爱，长夜无黎明，
为蛾火中舞，为云飘伴风，
与君爱一场，思君成一生，
人生宿命本孤独，爱是相思瘦笔描余生。

不知屈子意如何？

屈子：

庶几乎！深情自古被辜负！
凭谁问：
何谓人间最长情？爱汝及爱此间吾！
何谓人间最美爱？灵魂伴侣相尔汝！

太白：

噫吁嚱诸子！（环顾诸子）
前生未尽缘，今世命中劫，
吾本自由子，忽堕情网中，
畅意同欢乐，失意互慰藉，
情爱固是自由锁，吾愿为爱入樊笼。

（转头面向易安）
红颜总会老，激情终折沉，
戴铐强作舞，婚姻爱之坟，

敷衍生平淡，冷落成悲喑，
情爱如画一戳破，最熟悉的陌生人。

君不见，一见怦然、相见恨晚、有缘无分……（低头，自言自语）
呜呼何谓人间最美爱？
真爱皆婚外，得不到最美，
未眷是无奈，成眷终厌悔，
厌悔起新求，无奈永怀愧，
人生宛若风，风过如梦寐。

易安：

好个风过如梦寐！
（念白李白《清平调·其一》）
云想衣裳花想容，春风拂槛露华浓。
若非群玉山头见，会向瑶台月下逢。

风过脱靴高力士，风过研墨杨贵妃：
此诗何香艳，当是太白梦寐贵妃空与偎，
太白兄！爱而不得却能近距观摩贵妃娘娘汝不亏！
叹一声杜公！蹇驴破帽隔花临水珠压腰祗背后窥！

更一叹，汝之知己力士先生何卑微！
可怜飞燕倚新妆，却是力士知汝懂汝最终放汝归，
凭谁问：
官宦千秋多力士，一脱万古始知高，
待得告老谁堪诉？也曾入史弄过潮！

陶翁：

安能摧眉折腰事权贵，使我不得开心颜，壮乎哉谪仙！
不为折腰五斗米，麾而斥馈嗟来食，
但蘸月色与酒香，与君吟唱赋新诗，
吾醉欲眠君自去，明朝对酒不宜迟，

飘蓬本是灵魂态，放还恰是逍遥时，
至性至情太白兄，诗酒梦寐、飘蓬流浪正是灵魂最佳安置地！

第六幕　屈原场

易安（转头向屈原，拱手一揖）：

尘昏引雁孤，声正自传殊，
屈子可煞无情思，不问不答高高在上即可度尽香草美人乎？

屈子：

可堪是：
自吾投江尽，诗人有诗节，
长眠山水底，此心拖山带水管甚孰度金瓯缺！
君不见：
山依水兮水缠山，心悦君兮君可安？
水已非兮昔日水，山依然兮旧时山，
山看新人兮觅古气，水经故道兮逐新欢，
安得山水兮与人论，暮山逝水兮又流年。

易安：

哈哈哈：
此间屈子资历诗历中华最，更遗诗节在端午，
却好大言众人皆醉汝独醒，最不靠谱对渔父。
怎对住：
众人到汝怀沙处，
千百度，
寻寻觅觅，冷冷清清，凄凄戚戚怒怒，
这次第，怎了得，是自负！
小妹忠言相赠汝：
度人先自度！

转个题：

正史皆未说，吾欲问清楚，

吾最关心屈子缘情爱恋全纪录！

屈子（捋须、颔首、点头、微笑，面向易安）：

此间心事向谁说，说与青天与易安：

（念白屈原《九歌·山鬼》）

若有人兮山之阿，被薜荔兮带女萝。

既含睇兮又宜笑，子慕予兮善窈窕。

乘赤豹兮从文狸，辛夷车兮结桂旗。

被石兰兮带杜衡，折芳馨兮遗所思。

余处幽篁兮终不见天，路险难兮独后来。

表独立兮山之上，云容容兮而在下。

杳冥冥兮羌昼晦，东风飘兮神灵雨。

留灵修兮憺忘归，岁既晏兮孰华予。

采三秀兮于山间，石磊磊兮葛蔓蔓。

怨公子兮怅忘归，君思我兮不得闲。

山中人兮芳杜若，饮石泉兮荫松柏，

君思我兮然疑作；

雷填填兮雨冥冥，猨啾啾兮狖夜鸣。

风飒飒兮木萧萧，思公子兮徒离忧。

易安：

怎道是：

一曲《山鬼》笑与泪，浪漫不羁最屈骚，

出场鲜花香草奇珍怪兽何轰烈，退场雷电交加风雨如晦亦萧萧，

《诗经》一唱三叹情丝缕缕最缠绵，屈骚大胆直白淋漓尽致直陈邀，

屈子若无感同身受刻骨铭心爱，何能千回百转细腻抒写情娇娇。

问屈子：

何事当年不见收，当是过于追求完美似在云中飘！

屈子：

嗟乎哉！吾独爱秋兰！（念白一段《九歌·少司命》）

秋兰兮麋芜，罗生兮堂下。

绿叶兮素华，芳菲菲兮袭予。

夫人自有兮美子，荪何目兮愁苦？

秋兰兮青青，绿叶兮紫茎。

满堂兮美人，忽独与余兮目成。

吾实对爱有洁癖！

爱如灯下影，难拥亦不离，

情如眸中影，陷人亦照己。

怦然缘分起，瞬间一辈子，

时光棱角磨，默然清泪滴。

太弱则厌倦，过强则惫疲，

得到终淡漠，未得却悲戚。

拼命爱过终离散，敷衍相处却连理，

痴情自古互伤害，一切爱情皆悲剧！

东坡：

呜呼哉！

怀瑾佩兰而无所归兮，嗟乎屈子独何以为心，

岂不能高举而远游兮，又岂不能退默而深居。

却怎道：

情深最受相思苦，世间谁可身由己，

花开皆在细枝末，花落虽终亦是起。

何若是：

三千烦恼一笑过，寒尽自然一阳起，

管它天下万千事，闲来轻语两知己。

杜公：

　　呜呼哉：

　　山鬼迷春竹，湘娥倚暮花，

　　窃攀宜方驾，奈何屈子万古一长嗟！

　　问一声：

　　生活如歌孰为曲，曲尽平仄是真情，

　　情爱如诗孰为韵，韵到深处皆性灵，

　　却怎道：

　　锅碗瓢盆做韵脚，不完美才是爱情，

　　悲欢聚散做平仄，不完美正是人生。

太白：

　　呜呼哉，屈子辞赋悬日月！

　　却怎道，屈子依然伤透人间不了情！

　　时光不长情爱长，爱过已道是曾经，

　　但教曾经深爱过，不信从此陌路逢，

　　即便山水两相忘，浮世清欢何若独自一人自由行！

陶翁：

　　呜呼哉，已矣之哀屈子发！

　　却怎道：

　　相爱如美酒，醉人亦伤人，

　　情深叹缘浅，聚散不由人，

　　人生是幸或不幸？爱上不能连理人，

　　但知人生有爱是神迹，一声长叹爱上"爱"本身！

易安：

　　呜呼爱上"爱"本身！

　　寻寻觅觅，轰轰烈烈，转转撞撞跌跌……

　　风雨中"爱"归去又来兮！

　　风雨凛凛，思伊采采，幽谷紫兰，亭亭淡黛。

风雨蒙蒙，思伊蔼蔼，执手一诺，命运同慨。
风雨厉厉，思伊揣揣，幽怨磨合，磕绊弭殆。
风雨戚戚，思伊奈奈，栖诗弄卉，天地长在。

呜呼哉（念白屈原《九歌·国殇》片段）：
见楚女兮何淋漓，知国殇兮何铿铿！
诚既勇兮又以武，终刚强兮不可凌，
身既死兮神以灵，魂魄毅兮为鬼雄。
吾之《夏日绝句》既出《国殇》亦峥嵘！

终曲：吾生何幸一情痴！

陶翁（起身，对易安揖手，再环视诸诗子）：
诸诗子：
流光拂梦一壶酒，千载诗飘半日闲，
但藏情爱新诗寄，流放时光醉酒间！

吾提议：
此处风流落脚时，吾等先谢诗酒组局千古才女李易安！

（易安起身先为五子斟满酒，众人干杯齐曰）：
君不见峥嵘酒雄李易安！
一腮托醉古诗章，两倚呢喃醉未央，
更醉秋霜丹桂晚，却辞醉酒没残香。

君不见峥嵘才情李易安！
骊歌高慨回音低，千古才情此第一，
又见书生飞意气，正是吾侪论诗时。

易安（起身最后给五子斟满、干杯）：
今聚酒亭，晓月幽兰，

一觞一咏，吾心泛澜，

光阴曼妙，气宇轩欢，

海阔天舒，与子杯干……

君不见：

圣人不涉世，俗人情不惜，

情之所钟在吾辈，此生吾宁一情痴！

端的是：

月盈固亏缺，吾宁守其恙，

水满固溢出，吾宁欢其畅，

君爱吾一尺，吾爱君一丈，

惟忧爱不满，惟恐留憾怅，

但敞诗心对命运，吾生独求惟美纯情又漫浪！

杜公（站起对易安一揖）：

此生吾宁一情痴！吾与易安也！

君不见：

屈子怀沙绝浊世，陶翁归去蔽沉沦，

太白海县欲清一，东坡若漭尽忠魂，

自信人生带使命，吾愿致君尧舜再使风俗淳，

萧条异代此情痴，吾侪终食造次颠沛不违仁。

却哪堪：

茅屋秋风往事破，宿命尘缘陌巷中，

自古人间皆势利，从来君子遭谗蒙，

名利场为冰冷地，惟流血泪无人情，

山高水远人为路，怎奈世俗行色匆。

太白（站起，对易安、子美一揖）：

呜呼吾生何幸一情痴！

易安惟美惟情独善成一隐，
子美家国情怀大爱大悲悯！
人生真谛在自择，自择成己即是人生最美情痴韵！

君不见：
一场花开几处落？一场花开几瓣香，
花开花落花无悔，漫浸花香魂自芳，
功名不敌千秋月，煊赫无情过眼凉，
但将自我活成诗，直为人间加韵雕琢此时光。

端的是：
但只人生来得及，不留遗憾直须爱，
人生自是有情痴，人生有爱终不败。
一钩月，几盏酒，
紫兰约白雪，纯静两绸缪，
此生情痴即自由！

东坡（站起，环视众人一揖）：
呜呼吾生何幸一情痴！吾与诸子也！

端的是：
皆道人生是旅程，春夏秋冬，南北西东；
半程始悟转头空，爱恨离逢，成败枯荣。

爱与自由伴此程，知己诗朋，云下花丛；
终知故我是归程，心远月明，独倚长风。

陶翁：
呜呼哉！
终将自我还自我，人生故我是归程！

屈子意如何？

屈子：

> 不必说"自古"，不必说"万里"，
> 爱人始爱己，爱人亦塑己，
> 爱是灵魂情深种，爱不可得是终极！

> 何若是：
> 当下不纠结，未来不必卜，
> 灵魂痴爱即永远，何忧香草美人暮，
> 但怀朗月与紫仙，此生自择成己不辜负。

陶翁：

> 呜呼哉！生命岂止不辜负，生命何处不风流：
> 啾啾世外鸟鸣苍，唤醒晨阳换月光，
> 梦里人生犹未尽，幽谷紫兰又绽香……

（全剧终）

附：诗词业界点评摘略

王兆鹏：中国词学研究会会长，四川大学文科讲席教授、博导，中国李清照辛
弃疾学会会长，中国韵文学会副会长、中国宋代文学学会常务副会长
《天国诗酒话情爱》，今晚得空细读一过，十分震撼，旷世奇作，旷
世奇才！斯世而有斯人，时代之幸！天下之幸！诗人穿越，南宋刘
过虽开其端，香山居士、林和靖与东坡老话西湖之美，而大作请屈
子、陶公、太白、杜老、东坡、易安共话人间情爱，大气磅礴，酣
畅淋漓，奇思妙想，前无古人！

陈尚君：中国唐代文学学会名誉会长，复旦大学文科资深教授、博导，全国古
籍整理出版规划领导小组成员，复旦大学中国古代文学研究中心主
任、复旦大学任重书院院长
认识宏桥教授恰好八年整，源于已故唐代文学学会会长傅璇琮先生

之绍介。宏桥写诗，重情感，对家人与师友莫不如此。他来复旦讲学，数次约我长谈，我讲了什么，大多已不记得，他却努力地寻求开拓与创造。《天国诗酒话情爱》此组系列长诗就是有开创意义的作品。作者设想中国历史上最著名的六大诗人，生活在四个时代，谈对男女情爱的经历与立场，有交锋，更有跨时代的赞叹。各时代风习不同，诗体不同；各诗人才学不同，性情不同。宏桥教授熟练地驾驭辞章，驰骋古今，跨越时代，表达当代立场，尊重诗杰局限，揣摩古人口气，表达融通情怀，是一次非常有意义的诗史实验。

王卫星：中山大学中文系副教授、博导，于中国词学会学术年会开幕式演讲点评摘略

此次会议有幸能拜读周宏桥教授的大作《天国诗酒话情爱》，读后深感角色选择十分巧妙，六位主角的时代、性别与抒情文体在文学史上都颇具代表性，互有渊源，各有专长，堪称隔代知音。人设安排也独具匠心，是在部分依据史实的基础上，驰骋想象，加入创意而成的，颇有六经注我之气势。对六大主角爱情经历与爱情观的设定非常有趣，既有个性又有代表性，正可互补，几乎囊括了现代爱情剧中最青睐的几大类型人格设定，如高冷型、浪漫型、痴情型、浪子型、忠厚型、娇俏型、女汉子型等，而且多是集几类于一身，相反相成，相得益彰，相互交锋，妙语连珠，对增强戏剧性颇有帮助，也能引发持不同爱情观读者的思考与共鸣。

卢燕新：南开大学文学院教授、博导

正所谓一代人有一代人的文学，宏桥先生的诗剧《天国诗酒话情爱》作品体式庞大、所涉维度众多，体现着古典诗歌创作在当代的独特生命力。整体而言，大作有三个突出特色：首先是剧作语言采用古典诗词的意境氛围，独具特色。其次是人物形象突出，作者选取了中华文明史上最具符号象征意义的六大诗人，通过对他们精神气质和思想情感的理解和把握，融通诗作，表达诗人之心，展现诗人之情。最后是主题鲜明，宏桥先生将自己的情感融入剧作之中，借由古人之口展现自身对爱情与人生的思考和感悟，既有启发意义又有动人之处。

左汉林：中央财经大学中文系教授、博导

宏桥先生身兼学者、极客、诗人数职，执教上庠而创作不辍，咳唾成珠，辑为此书。仅获观数节，已足见其读书之宏富，学问之渊深。其中有《天国诗酒话情爱》一节，乃虚拟易安设宴，受邀者为屈陶李杜苏诸子，诗词对话，高论妙语。中国文学史上，关汉卿之《单刀会》自铸伟词，慷慨悲壮；王实甫之《西厢记》词章华美，情调缠绵；汤显祖之《牡丹亭》出语优美，精雅艳丽，三剧亦可称"诗剧"。三剧之后，此万字长篇化用古人诗词，信手拈来，模拟古人口吻，颇能逼似，不愧"诗剧"之名。时代变迁，诗体屡变，故陈子昂云"汉魏风骨，晋宋莫传"。而师古亦须创新，故杜甫云"不薄今人爱古人"。作诗本无定法，宏桥先生才气纵横，健笔凌云，此大作真堪称推陈出新而别开生面矣。

刘明华：中国杜甫研究会会长，西南大学教授、博导，重庆国学院院长

倾读诗剧，惊喜震撼，有感于斯：

想象奇特。中国诗史上几位最伟大、最杰出的诗人穿越时空，会聚一堂，各言其志，各抒其情，其想象力空前。进而得知，此诗剧实为作者创意创新思维之诗学结晶。文理融合，天马行空，此之谓与！

主题浪漫。说不尽的爱情，是最美学最诗意的话题，也是文学艺术界最具挑战性的永恒主题。悲愤的屈子，闲情的陶潜，浪漫的李白，沉郁的杜甫，超然的东坡，加上千古才女李清照，其情爱观如何展现，有何碰撞？诗剧中，六位才人，声声慢，句句新，扣人心弦。

语言典雅。作者功力深厚，语言表现力极佳。作者对几大诗人的作品熟悉，引用适当，隐括自如，古典韵味浓郁，全剧诗意洋洋。

跨界期待。文学性的诗剧，诗意盎然不置，应有走出诗界，在更大舞台展示其艺术魅力的可能性。在"共话情爱"的基础上，增加戏剧性，清晰各位诗人的观念异同，讲好中国文化核心价值诗意所在，或能改编或再创造出一个咏叹爱情、荡气回肠、大气磅礴的中国气派的剧本。进而建议，从戏剧性考虑，当时惘然的李商隐，衷

情未了的陆放翁，洞察情爱的曹雪芹，有无可能入戏？期待编导的胆识和慧眼。

读者孙勇:《河南日报》文旅新闻部副主任

千年诗河千帆阅，凌云健笔书华章。先生的诗剧汇千古诗人于一台，让诗心诗意诗史激情碰撞，奇思妙想熔为一炉，既意蕴厚重、气势恢宏、感情真挚，又韵律和谐、轻舞飞扬、明白晓畅，充分继承了中国优秀的诗歌传统，融合了现代诗的优点，集中体现了中国审美、中国精神、中国气派。吟诵再三，越发体悟诗家宏阔如海的博大胸怀和仰之如山的文学造诣。先生的诗剧创作别出心裁独树一帜，大胆地传承古代诗词之精华，又大幅度地再创新创造、提升古诗词的诗意之美，纵横开阖，内涵深邃，让我们持续感受到意象万千变幻多姿的艺术张力、云蒸霞蔚的哲理哲思，带来醍醐灌顶的开悟与觉醒。

新古典主义诗作

第一部分　诗人画像

此生无悔入华夏，来世仍为诗的人

开篇之诗：我家满是诗

2021 年 9 月 23 日晨起

题记：9 月 21 日中秋期间与友人相聚，皆言最美慕我的是《半面创新》书中所写的家里八个大书架，家徒四壁壁满诗，吾心喜悦，晨起成诗……

（一）
为风当自在，为马伴风驰，
书架环三面，我家满是诗，
诗从哪代始？诗至哪朝痴？
一墙风雨古今续，一世烟云一室知。

（二）
诗骚启魏晋，唐音续宋词，
在诗情与志，在世活成诗，
寂静生欢喜，默然两至知，
梦里成诗诗即梦，诗中写梦梦成诗。

（三）
诗国万神殿，屈陶李杜苏，
星海横流诗岁月，"诗曾几何"何太初：
屈子怀沙绝浩叹，陶翁悠然采菊东，
李白独酌对影乱，行乐及春邀月明，
杜甫泪干鄜州怨，鬓湿臂寒盼澄清，

东坡孤舟赤壁赋，吾生须臾江无穷……
不辞已别数千载，"曾几何时"至今枯，
一枕江山此夜寂，一行余墨太息逝者如斯夫！

（四）
当行诗本色，缪斯永飘蓬，
风骨篇章里，性情格律中，
生遂偶然事，死后万皆空，
惟将作品传千古，新诗上架惹春风。

（五）
人世偶相遇，我家满是诗，
诗造人间梦，梦随风马驰，
凡尘独梦游，命运何参差，
天堂静对时光饮，周郎毕竟一诗痴。

高中毕业卅年抒怀·七律二首

2016 年 11 月 1 日

题记：各位同学好：我将于 11 月 5 日凌晨飞抵南宁，毕业三十年即将第三次回邕，回忆起邕江水畔、青秀山脚的三中寄宿生活，往昔历历，心绪声声，今日赋诗为贺，献飨同学少年，其一忆宿读苦乐，其二悟宇宙人生，期待与诸位同学高蹈横槊、再续旧樽。

其一

邕水青山远世尘，书声劲气扫乾坤。
屈陶李杜牛三律，格致修平马太音。
晨恼哨掀逐日暖，夜忧巡断借光温。
别来卅载几青发？曾忆胸怀万木春。

其二

迢迢星瀚仰澄明，皎皎诗心韵笔耕。
桂海蛟腾邕水阔，冰天蝶变秀山青。
红尘踏尽红尘尽，苦海淘空苦海空。
书剑卅年千万里，蓬瀛离岸道初衷。

附：放在南宁三中校史馆的北大录取通知书

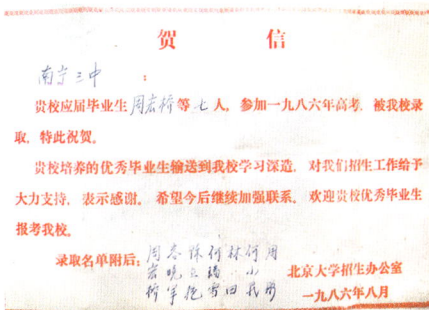

青春赋值 Debug World·自传体组诗

题记：2018 年 4 月中旬拟，4 月 28 日定稿发给班级及系里。2021 年修改庆祝北京大学计算机系建系卅年（1978—2018）暨北大华诞 120 年而作
以诗致歉因课不能参加 5 月 5 日系庆大典
周宏桥，学号 8608068，外号八哥，计算机系软件专业本科 90 届 2 班

曾有一段时间，时间还不存在……
曾有一点空间，空间尚未长开……

其一　七律·初赋

那年星慧耀天衣，落赋燕园计算机。
闻道递归 if-then 判，随心迭代 do-while 依。
未名问影青名未？博雅寻真尔雅期。
莫负扉词"hello-world"，乾坤重构 de-bug 时。

其二　七律·狂狷

胎息曰骨不曰型，风水看心不看形。
滴水湖涟七色透，聚沙塔耸九霄通。
开弓射散喧蓬雀，挥翰钩飞唱晚鹰。
天地人生三不朽，梦邀列传史迁公。

其三　绝句两首·校园拾趣

图馆晨喧位有无？机房午静码通乎？
分光均座难如厕，憋尿驱寒夜啃书。

肘条扒肘腻油浮，排骨红烧骨感兀。
饥辘勺犹掂颤颤，撑厨怒喝"抖啥？猪！"

其四　古风·同学画像

青蛙菜鸟恐龙虾，蓝瘦香菇婊绿茶。

这届人民弗给力，这批学友俱萌哒：

与建民，捧逗哏，未名湖畔树影岩凳面对即成英语角，狂飙口音。

与梁松，两人转，博雅塔下通宵教室马哲也须数学调，当然创新。

瘦子徐，宜宾来信不来酒，徒让酱香夺不朽。

胖子许，温声轻窘满舍晕，犹有袜韵暖片熏。

陶二弟，堂澡亢歌千千阕，谪仙改版《清平乐》。

曹五哥，棋牌麻游数毒全，只招颜值硕博连。

蔡向荣，上下铺，谁先做完作业不拷怎能天天向上俱荣光，Good-good-study-day-day-up。

史劲峰，使劲疯，不开根号乘十成绩居然日日劲升最疯狂，No-pain-no-gain-Oh-my-God！

……

剑豖留琨柄，才名翰彦谋。

愿集忠勇慧，天地做诗囚。

骏马独飙向东明，冰高柳盛路广平。

量子纠缠梅雨密，引力波澜白浪腾。

霸术新锐洪荒力，王道文武柔克刚。

天网海眼徒增锁，民贵军（君）轻方瑞祥。

花芳不醉书芳醉，一叶一乐一曦阳。

……

冬退梅残稼未青，春晖晨露已着萍。

当垆秋茜花菊就，霄壤文心一载宁。

……

粼粼塔影五音扬，落落诗湖六气光，

庙小风妖池亦浅，天堂倒影此中央。

其五　今世有缘识

今世有缘识，犹憾缘识迟，

未知缘乍起，缘已两相依，

结欢邕水畔，并骑皇城夕，
缘是情之始，情在缘中栖。

圣人不涉世，俗人情不惜，
情缘吾辈寄，吾自缘情痴，
流波情旖旎，拥魂爱漫弥，
爱起情深际，情钟缘识伊。

爱深水缠鱼？爱高比翼齐？
人生圆满觅，常态断舍离，
莫非天命遗？遣君伴不羁，
今世有知己，诗酒两灵犀。

其六　五律·思念
素来孤傲命，偶聚叹匆匆。
海阔君相慰，春深君与拥。
夜阑心际漫，晨籁梦漪空。
欲用今生忘，滴魂沙漏中。

其七　一剪梅·惊破
鼙鼓渔阳惊破头，怎道桃园，岂有方舟。
三角地旁二八楼，字墨阑珊，钟吕声休。
民主科学顶个屎，勾股缺弦，直径堪忧。
九〇恋曲再回眸，方死方生，道隐柽洄。

其八　七律·遥迢
黑红世界尽喧嚣，似水流年岁月刀。
博塔问天伊甸路，未湖望海木桴漂。
或佛或道辋川惑，当律当绝汨水骚。
等待戈多千籁寂，乡关背影是遥迢。

**其九　古风·Freedom through truth for service　因真理　得自由
以服务**

8 6 0 8 0 6 8，这个世界会好吗？

除非黑暗能黑你，贪嗔痴自未拈花。

Yes-ter-day 兮 zero or one，

From to-day 兮 free-thru-truth，

To-mor-row 兮 do-it-while，

Don't for-get 兮 DEBUG WORLD！

春风到兮、

　　又过兮、

　　双人兮、

　　烝满兮、

　　叕绿兮……此彼烟火彼岸家……

其十　古风·卅年重聚·问对宇宙人生

甲：八哥八哥看过来，正法眼藏是如何？

　　时势英雄富榜逐，五车八斗载天书。

　　凑三不朽何其朽，无限风光入史无？

乙：八哥八哥转过来，正法眼藏意如何？

　　李白李贺李商隐，李刚李阳李彦宏。

　　顿悟英雄皆有种，曾经八戒帅天蓬。

丙：八哥八哥滚……滚……滚过来，正法眼藏能……能……能如何？

　　银多人傻最风投，鸟语花香烂尾楼。

　　老子有钱曰……曰……曰任性，目标一亿 ju-ju-ju-st 喝粥！

八哥：

君不见，秃半白半肚圆半，卅年重聚呵呵造句"想当年"。

考托考G留学热，海龟海浪归国忙。

创业创新那厮大，圈钱圈地这厢昂。

你家闺女婷婷立，我家小子行锵锵。

无家外卖一人饱，有业更求百岁长。

惟有成功方自信，不经失败必轻狂。

弱水三千一瓢饮，全乎其天得乎纲。

有诗为证诗在此："款款牛 × 苦 × 妆！"

君不见，是否成功总与读书大数定律统计弱相关，这个世界真的要 debug！

刘项本非读书子，辍学盖茨乔布斯。

本系未出 BAT，本系未奖图灵机。

雅虎费罗杨致远、埃里克森甲骨文、谷歌佩奇谢尔盖、扎克伯格不翻经书史书诗书翻脸书……

我们状元毕业岂总为之披坚执锐、披荆斩棘、披星戴月、披肝沥胆看摊打杂码工码农做嫁衣！

君不见，家事国事天下事，那晚论道仿若当年横卧宿舍梦里踢被踢破天。

起源不在时空里，奇点爆发锁穹苍。

奈何人类原罪始，毕竟生前是猿郎。

世界大同理想界？人间仙境乌托邦？

红楼缘梦雨果绿，吴带当风芬奇香。

斯巴达唱丽君邓，自由女神哲人王。

莎翁李杜、亨利郑和觥筹交错研讨则天慈禧伊丽莎白维多利亚的秘密，撸袖加油曰"干"酒进将。

茫茫宇宙作沧海，正是裸泳好地方！

君不见，智者为仁勇夫义，千年薪火传承铁肩担道妙手著文章。

为何生命苦多难，哀民生艰长恨歌。

孔孟老庄牛三律，修齐治平马太音。

以天下，为己任，先忧后乐岳阳楼何若先正黄钟大吕千古律？

以己任，为天下，不喜不惧桃花源何若大化自由意志满神州？

君不见，钟形曲线道无边，砺尽天磨人生巅峰当是打落谷底反弹之后再擎天。

飞禽无需螺旋桨，走兽不装发动机。

壮夫不为雕虫技，豪雄自凭天剑倚。

自创狗粮自己啃，才情独任纵飞栖。

吉凶悔吝生乎动，不求闻达但求随性悠悠、心流荡荡、高峰体验恰又致良知。

无所不在无所在，念兹在兹、朝斯夕斯、正法眼藏创出之。

此——岸——不——达，彼——岸——配——斯。

君不见，最是红尘万丈光，晨曦镀尽又残阳乃至千古诗温仅剩一孔方。

将知天命不 young 不 simple，sometimes 却要 naive。

呵呵想当年，百首诗压金龟二。

呵呵想当年，千首诗轻万户侯。

诗本神曲不敬神，诗本自由之灵魂。

自由是种不自由，甘做诗囚竞自由。

一诗一菩提，人脑等价图灵机，人是脑袋顶个计算机的肉机器。

一诗一菩提，笑点太低是傻笑，顿悟阀值、渐悟阈值过低当需降维降幂、异度拯救扫全息。

君不见，三户亡秦今十亿，苟新又新日日新。

历史三峡终过尽，变局千载定弥平。

博雅塔正压轴色，未名湖洗玉宇清。

胎息搭脉诗的人，哈利路亚、哈利路亚、哈利路亚散广陵。

为活当为 DEBUG WORLD，除斯之外岂可为枭为雄为英雄！

其十一　七律·家祭
最是食嗟自不由，主标嚼价众粱谋。

宁驰孤胆千重浪，不捧慵心万载舟。

惟恐早成难大器，更忧晚未竞无收。

绛条家祭其谁我，《半面》先生细柳周。

其十二　七律·归赋
浮沉万里卅年归，湖柳依依塔影霏。

既止西东诗冢卧，始横笔槊韵神飞。

夷希微叹愚生淡，焉矣哉哀慧尾辉。

岁百基因仍盼转，燕园初赋醉凝眉。

尾韵：

"One day when we were young, one wonderful morning in May..."

（齐）"Don't forget 兮 DEBUG WORLD！"

五十自期·组诗四首（选三）

其一　七律·生当只解大难题

2018 年 8 月 5 日

题记：我研究创新创造，在人类文明史上能做出重大创新创造的均是推拉两力共同作用，一是内在兴趣推动，即爱因斯坦名言"兴趣是最好的老师"，如此则可忘却一切世俗烦尘；一是外在问题拉动，即将兴趣聚焦在时代议题甚至划时代的终极问题上。而此两力又须在自由意志能得以酣畅淋漓发挥的环境中。

缘何苹果落垂直？为甚钟灯摆等时？
一杞忧空寻奥义，两儿辩日觅惊奇。
"谁来哪去"终极问，"何以可能"本体疑。
天赋才情绝琐陋，生当只解大难题。

附：北京大学光华管理学院博导、北京大学华人企业管理研究中心副主任，武亚军博士题赠

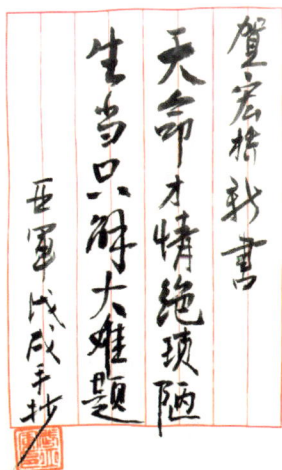

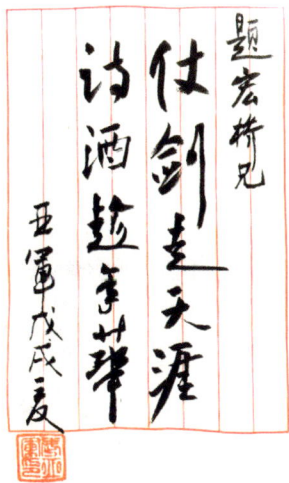

其三　七律·两线干戈研与创

2018 年 10 月 6 日

题记：按中华古典传统，一学之专才是谓小儒，欲为大儒者须兼通诗书艺术。如王国维、陈寅恪、钱锺书等虽为大学者，亦有诗集小说；鲁迅、沈从文等大作家大诗人，亦有学术如小说史、服饰史等。吾不揣浅陋，亦两线作战，学术线最佩服康德，艺术线最崇拜杜甫，故赋诗曰：

> 青苍碧海掣长鲸，旷暮孤峰唱晚鹰。
> 诗酒辅仁慷恻隐，星空弘道启灵明。
> 天街踱遇大成圣？蓬舍醅斟批判翁？
> 寄慨杜康横剑槊，吟研蕴创两峥嵘。

其四　七律·祭祖还愿

2018 年 11 月 16 日

题记：祭奠沛县细柳堂两位先祖周勃、周亚夫（我是第 68 代庆字辈）。

> 莫道出身鄙朴人，一朝将相定乾坤。
> 重如姬旦匡国鼎，威若穰苴正宇伦。
> 快快绝魂归细柳，浃浃弃背置诗文。
> 绛条有后还殊愿，从道从心不奉君。

组诗·送女儿寄宿华盛顿大学

2019 年 9 月中旬

题记：2019 年 9 月开学季，16 岁的女儿报到华盛顿大学少年班（UW Academy）并第一次离家宿校开始独立生活，属于她自己的人生即将展开，我难舍别离，赋诗相送。

其一 七律·独立宣言

2019 年 9 月 12 日

寄宿离家宣独立，女儿秋入少年班。
海天伊去华盛顿，花月吾约美利坚。
千与千寻观国卦，济兼未济鉴机缘。
最忧一世平平过，历尽茫然是惘然。

其二 古风·唠唠叨叨

2019 年 9 月 17—18 日

（一）

弄镜呆萌小自恋，别前乃父要叮咛：
既没剧本不彩排，人生贵在无复重。
勾股三弦真善美，平方反比实与应。
压强重力加速度，一落人寰几峥嵘。
相诺不钻尖角角，最大公约活生生。

小升初高本硕博，打怪升级终启蒙。
学业职业终事业，志不强者智不撑。
咫尺行艰修罗场，天涯书韵伊甸风。
若无大志逐波浪，所有来风皆逆风。
磅磅天道斥机巧，平庸之恶逢众迎。

岂求货帝谥文正，宁为玄奘不唐僧。
与生俱来要强命，后天习得韧和融。
柴米油盐伴诗酒，修齐治平竞世功。
最怕一生不敢试，败不输人惧输空。

（二）

存在当先于本质，别前乃父寄语留：
若有人问您贵姓？答曰免贵信自由。
当且仅当由为自，忍无可忍自不由。
可有一言绝世立？自由意志逍遥游！

清江一曲草堂抱，自去自来兮燕鸥。
渺渺万顷赤壁赋，逝者如斯乎枕舟。
四时万步任风雨，自律自持者心悠。
一辞两宽成国父，放下举世哉回眸。

黑夜岂知天心白，白天难解夜烛忧。
凡有边界即为狱，人生最怕心作囚。
陶不折腰五斗米，李羡无足没阶偻。
若为待诏倡优畜，宁不翰林蓬蒿侯。
相信相信的力量，自外无由自为由。

（三）

才说完有便是无，乃父别前再点评：
名利权位出上蔡，牵黄逐兔斩余哼。
精致利己主义者，老鼠哲学苟与营。
不知进退莫须有，人生无常一脚空。

自古赢家无底线？岂无输家真性情？
小惑易方大易性，最大挑战自知明。
倘无时间慎独处，成功未若不成功。
惟愿长路非套路，红尘修得道场宁。

也许永远是永远，惟有信念立一生，
窗外松鼠逐日影，乡愁依旧余光中。

（四）

人生没有寒暑假，乃父告别别语殊：
小时幸福很简单，大后简单很幸福。
理想别太理想化，目标须以目标督。
经济基础曰生活，上层建筑士大夫。
有月亦需六便士，无刀怎奈五关突。
未得之时患之得，既已得之患失忽。
拥有即为被拥有，终悟确幸是虚无。

凡今过往皆序曲，从此开始被时间。
完美从来书里录，不完美正是人寰。
顺是陷阱逆是坎，平地亦绊自脚尖。
人生无谓弯直路，正路通向自心安。
出世心做入世事，举头三尺神在肩。
愿女永远不长大，愿女永远未成年。
但怕世界不够用，Why not tell dad Yes I can！

其三　七律·天问天对
2019 年 9 月 18 日

哪去何来谁是我？自拍娇女始参天。
以前还可拖"然后"，然后方知悟"以前"。
国父生前谁颂圣，国父身后几哭棺。
置身青史延长线，可信今人胜古贤？

告慰亡父

2020 年 9 月 22 日于连云港

题记：在大学任教一辈子的父亲于 2020 年 6 月 28 日在家里睡梦中了无痛苦安然仙逝，是谓教书育人之福报，因疫情困在美国的我申办紧急人道签证，7 月底获批，找黄牛买到了高价机票，穿着防护服辗转三国一路颠簸于 8 月 7 日抵沪，隔离 14 天后因一次游泳而导致急性淋巴管炎，几周治愈后于 9 月 21 日终于赶回家中，22 日上坟后一赋：

> 回国祭亡父，欲诉仍斟酌。
>
> 一事半生瞒，却如新在昨。
>
> 本想大成日，捷报抵斯过。
>
> 不虞竟永诀，此告阴阳隔。
>
> 北大首学期，专业第一课。
>
> 计算机引论，终试不及格。
>
> 彼时寒假间，取信吾之责。
>
> 北大直邮父，见信忽如堕。
>
> 预感不祥事，思三截信获。
>
> 颤抖一开封，噩闻扑面夺。
>
> "补考通知书"，劈头一棒喝。
>
> 五字肃如杀，腿软一瘫坐。
>
> 口燥舌无唾，心空脉似涩。
>
> 喃喃声失措，落落魂丢魄。
>
> 前此状元郎，功许未来赫。
>
> 此试重排座，北大汝居末。
>
> 何颜对父母，撕信更思一撞殁！
>
> 告父即归校，欲读万卷破。
>
> 人生初遇挫，发奋此心诺。
>
> 丑时方敢寝，曦起伴灯烁。
>
> 卅载斯鞭策，未曾忘间或。
>
> 今慰父安阖，自强吾命扼。

《半面创新》终写成（二首）

其一　我原籍古沛

2020 年 11 月 27 日

题记：11 月 26 日感恩节在京，下午在酒店拿到了刚刚刊印好的北大出版社的《半面创新》，这是历时十三载迭代的第五个版本，是夜与新华都 EMBA 半面兵团学员酒聚，庆祝新作出版，翌日酒醒一赋：

我原籍古沛，诗酒千秋豪。
举碰三杯起，横吼九地摇。
风歌沧海越，醉槊宇天撩。
几许人生事，可求汉魏枭？

七律其二 《半面创新》终写成

2020年11月28日

题记：11月27—28日在京给长江文创+4班授课，这是使用新教材的第一个班，我布置给文创班的作业是每位同学现场作诗，吾亦手痒，赋诗一首，诗以咏志。该诗12月初发至微信朋友圈；12月底发至研究创新的全国学者圈。如下：

世外悄然解天疑，十三写载半面姿。

起承转合古诗法，建跨否重虚拟机。

憾未早生酬诸子，幸因晚到览先师。

青苍海拔日高冷，独照拙心又一痴。

一剪梅·何谓人生

2022 年 2 月 14 日

题记：2 月 10 日灵感忽至，开始创作诗剧《天国诗酒话情爱》，第一稿封闭写作了整整六天，进入到创作迷狂态，没日没夜，醒了即刻写，累了倒头着，饿了干果牛奶饼干泡面伺候，14 日写到大结局时，情难自抑，一剪梅花赋人生：（此词第一稿是借李清照之口，第五稿终稿是借苏东坡之口）：

皆道人生是旅程，春夏秋冬，南北西东；
半程始悟转头空，爱恨离逢，成败枯荣。

爱与自由伴此程，知己诗朋，云下花丛；
终知故我是归程，心远月明，独倚长风。

附：中国书法家协会理事、行书专业委员会副主任王学岭先生的书法

忆小时吃鱼：母亲节怀念妈妈

2022年5月8日母亲节，"封城"于沪午餐视频后

妈妈最喜鱼，煎炸蒸烧烩，
幼时逼我吃，曰吃人聪慧，
怕刺卡我喉，妈嚼探方喂，
待我饱餐后，妈享剩鱼味。

某日我忽道，不吃妈口水，
长大自吃鱼，惟挑大刺背，
妈忧肉不够，鱼头亦让给，
妈见我喜鱼，买鱼我专美。

妈曰少幼匮，外祖亦嫌贵，
今见鱼思买，尽儿弥己悔，
却佯厌气腥，却佯挑刺累，
但看我吃鱼，嘴嚅随味醉。

今日母亲节，仍封归未遂，
视频午做鱼，见妈喟然泪，
妈妈我爱你，萱草解封配，
多摆一双筷，共鱼祝体沛。

祭拜细柳营城隍庙并化装晚宴抒

2022 年 8 月 2 日晨起

题记：7 月 29 日飞抵西安，长江 EMBA 34-1 付蓉、36-2 江兴超、36-7 张峻赢等相陪赴我老祖宗周亚夫细柳营故址城隍庙祭拜，30 日课后在大唐芙蓉园，付蓉与 35-2 陶芳东主持化装晚宴，我装以儒帅，与同学诸君诗酒人生。

> 威威猛犸象，凛凛霸王龙，
> 细柳王侯绶，凉潭将帅功，
> 一撸长袖剑，一醉壮醇红，
> 叩梦千年后，渭城祭亚宗。
> 我原籍古沛，命训皆豪雄，
> 上马家国任，归园诗酒铿，
> 嗟时无所择，叹路最难通，
> 幻云龙象灭，梦过即曾拥。

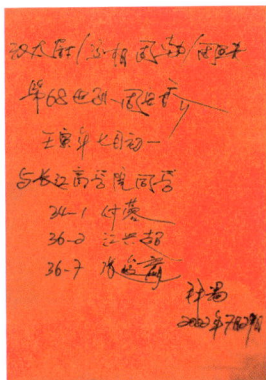

业界酬和

青玉案·中国梦

2015 年 1 月 17 日于中山大学岭南学院 EMBA 新年论坛急就酬和

题记：今日中大，冬暖春乍，大会诗意融融，在张校长及岭南学院邹建华院长吟诗致辞期间，现场急就酬和，并与岭院 EMBA 诸学子共勉：

问君何谓中国梦？创大业、凭诚性，方死方生方破径。一钩落款，万赀丰盛，纳市敲钟令。

上天入地终归竟，物喜己悲心犹镜，千古文章谁著姓？万方有道，一花度众，自在当天命。

青玉案·和宏桥——新华都全球化

新华都商学院理事长何志毅教授

2015 年元月 22 日于瑞士苏黎世李克强总理接见后

全情教育中国梦，成大事，凭恒性。苦尽甘来无捷径。千军万马，枕戈待旦，差我一声令。

大千世界难究竟，快慢少多心如镜。败寇成王常共性，横眉拍案，沉舟破釜，此去听天命。

又及：2019 年 8 月 25 日，新瑞学院教授聘任仪式，创院院长何志毅教授及名誉院长、2006 年诺贝尔经济学奖得主埃得蒙·费尔普斯先生颁发聘书。

湖畔大学开学典礼感抒

2017 年 4 月 25 日

题记：3 月 23—26 日人大 EMBA 课后当晚飞杭州，参加 3 月 27 日湖畔大学开学典礼。典礼场面蔚为壮观，先是在小会议室里，阿里马云、联想柳传志、复星郭广昌、泰康陈东升、万通冯仑、赛富阎焱、华谊王中军、巨人史玉柱、银泰沈国军等诸企业家寒暄聊天，那天赴会的学者仅清华经管学院钱颖一院长和我，结果我们俩聊着聊着入座时分坐在了长桌的 C 位对位，马云稍迟几分钟进屋，来到了我面前，我站起握手寒暄时才注意到我坐在了 C 位，正要给马云让座，马云请我别移了，他就顺势坐在了我的右手边的座位上……然后是开学典礼，然后是马云激情澎湃的抒怀授课。

谁承上帝新光造？牛顿仲尼创业雄。
百战素封胡润榜，一疏醉落状元红。
高阳秉鉴雪岩险，湖畔宣怀云马兢。
先正黄钟方破咒，火炎焱燚自阳明。

注：造光之典，一是引 Pope 给牛顿的诗 "Nature and Nature' law lay hid in night; God said, 'Let Newton be,' and all was light"；一是引用朱熹 "天不生仲尼，万古如长夜"。

飞·度：中化聘任客座教授典礼并酬宁高宁先生

2018年6月1日下午于离京航班上

题记：5月31日赴京参加中化聘任客座教授的仪式前，仔细读了集团董事长宁高宁先生的4月雄文《科学至上：关于中化集团全面转型为科学技术驱动的创新平台公司的报告》，感佩动容。宁总是被管理业界公认为最具企业家精神的央企带头人之一，是华润前董事长和中粮董事长。6月1日上午聘任典礼，我与清华大学经管学院技术创新中心主任陈劲教授、战略系宁向东教授一起接受宁总颁发的聘书。在会后离京的航班上，回放会场宁总关于人生动力系统的讲话，在第四层级直抒胸襟之慨而未慷，感其家国情怀而赋：

尘昏引雁孤，声正自传殊。
遥寄慈恩塔：浮屠不度乎？

七律·一裂鸿蒙

2019 年 6 月 22 日晚

题记：我的新作《创新的历史哲学：人类创新主脉与结构之演进逻辑》即将上市发行，北大国发院利用我 6 月 22—23 日给其 EMBA 授课的时间举行创新论坛暨新书的新闻发布会。国发院 BIMBA 副院长吕晓慧教授主持，电子工业出版社赵云峰副社长发言，然后我演讲《人类创新主脉浅析》，北大光华武亚军教授总结发言，最后是我们四人圆桌论坛。

一裂鸿蒙万世功，独宣枷碎自由钟。
大音弥漫慷悲悯，活水横渠灌聩蒙。
刍狗厌生平等梦，侠蝠难解倒悬凶。
荀学秦制幽灵共，蒙召乘桴取圣钟。

对酒品评天下士：酬北大国发院马浩教授

2022 年 12 月 16 日

题记：11 月底把《天国诗酒话情爱》在中国诗歌网发布的链接给了北大国家发展研究院 BIMBA 商学院学术委员会主任马浩教授，马浩兄在其微信公众号撰文并书法相赠。

我与马浩兄的交往始于 2014 年 9 月 19 日，时任商学院院长张黎教授主持我给 EMBA 的演讲，那天马浩出差未能参加，我托张黎转交了刚出版的《唐诗＋互联网＝跨界创新》，没想到几天后马浩兄写了一封三页纸的长篇读后感，令人感佩。交往之后，在课堂上我们互相旁听彼此的教学，带班一起下企业参访与点评，在新冠疫情前每年一次在京对酒，品评天下英雄，不亦乐乎。

> 对酒品评天下士，孰为当世最高标，
> 大师难出体制内，天才不屑主流漂，
> 这边选择那边弃，此刻热门彼刻萧，
> 但将自我设为敌，且独自转且自超，
> 破罐破摔成放旷，屡败屡战成豪枭，
> 从来人乃被逼就，英雄宿命孤为熬，
> 一震"熬"声威至此，不见当年备与操。

酬诗人北岛赠女儿书

2015 年 8 月

题记：暑假收到了朦胧诗人北岛的夫人甘琦寄来的北岛答赠女儿他选编的《给孩子的诗》。在美成长的女儿不知道北岛是谁，我介绍道：1986 年 9 月我入北大第一天，在三角地看到《朦胧诗选》，翻到第一首，诗名《回答》，作者北岛，前两句如斯："卑鄙是卑鄙者的通行证，高尚是高尚者的墓志铭。"那天我心怦然抽紧，惊为天语。

2003 年某天甘琦在我家吃饭时忽道，她跟北岛结为伉俪。后来北岛来西雅图参加毕业典礼，晚餐上我调侃他，说从我们理工视角看，《回答》一诗不严谨，因为高尚之人未必没有卑鄙的情操，卑鄙之人也并非没有高尚的情怀，只是比例多寡。

> 收到签名作，代儿寄谢意，
> 君子兴于诗，成乐立于礼，
> 少小为才子，青壮成名士，
> 荣乐止乎身，文章经国事。
> 五车读破蔚然起，八斗量才旭日初，
> 文史哲艺泰西理，立心阅尽圣贤书，
> 先祖天灵生命网，血脉在身岂可辜，
> 高有卑微卑有高，才厚学深气自殊。

寄悼诗词学界泰斗傅璇琮先生

2016 年 8 月 14 日晚上

题记：今天复旦课后，与中国唐代文学学会会长陈尚君教授在光华楼一聚，蒙尚君告知了我傅璇琮先生1月过世的消息，心中震惊，立刻闪现出 2014 年 10 月 6 日那天晚上的电话，百感交集。

那天是我生日，在西雅图休假，晚上接到一个来自中国的老人家的电话，"我是傅璇琮、我是傅璇琮"，浓重的口音让我听了好一会儿才分辨出来，惊喜交加。

傅先生是中国唐代文学学会前任会长，钱锺书先生曾慨其"精思劬学，能发千古之覆"。傅先生说他连读了两遍我的《跨界引爆创新：唐诗＋互联网＝企业创新》，说是开创性的作品，他愿撰文向诗词学界推荐，兴奋得我跳将起来；紧接着，他建议我立刻回国参加月中在苏州大学举办的唐诗国际学术研讨会，并介绍了陈尚君教授、大会主席罗时进教授及他的大弟子南开大学卢燕新教授……这个电话成了我最美好的生日礼物。

之后我与傅先生还通过几次电话，他说遗憾因粉碎性骨折而不能提笔了；我想借出差赴京时去医院探望，也因课程太多排不开……一拖不意成永诀，惟将缅怀寄诗悼。

书生一介谪编馆，何幸沧桑寄宋唐。
牛鬼蛇神承凛日，博观约取待春阳。
但书但创开先范，当序当携系后梁。
花盛花衰安若命，天堂宁静品诗香。

西江月·咏松
——酬中国词学研究会会长王兆鹏师
并续辛弃疾词遣兴

2017 年 9 月 6 日晚

题记：当日飞汉，武大王兆鹏教授设宴，无意中我背了辛词《西江月·遗兴》，兆鹏师指出末句引典《汉书·龚胜传》，查证果然，不胜感佩一赋：

> 以手推松曰去，此松意气难平：
> 吾非秦五大夫松，绝命拒封楚胜！
>
> 但立孤峰自在，高枝惟仗平生，
> 此松无意十八公，不以时迁固梦。

注："五大夫松"：《史记·秦始皇本纪》秦皇封禅泰山时，"下，风雨暴至，休于树下，因封其树为五大夫"。

"楚胜"：一意楚之龚胜，《龚胜传》"两龚皆楚人也……故世谓之楚两龚"，王莽篡汉后拒征讲学祭酒，绝食而亡；二取"楚虽三户，亡秦必楚"。

"十八公""固梦"：引《三国志·孙皓传》裴注："初，固（丁固）为尚书，梦松树生其腹上，谓人曰：'松字十八公也，后十八岁，吾其为公乎！'卒如梦焉。"

"不以时迁"：引苏轼《送杭州进士诗叙》"流而不返者，水也；不以时迁者，松柏也"。

酬中国唐代文学学会会长陈尚君师指点创作十二韵

2019 年 10 月于西雅图

题记：2017 年 8 月复旦课后，尚君师请我小酌，我请教创作与审美，尚君师建议我挑战杜甫的《秋兴八首》《北征》等大型诗，今完成万字古体诗剧《货殖新传》，故酬尚君师一赋：

喟然叹唏嘘，挥翰续阑珊，
遥望古诗脉，风月伴江川，
但悯屈陶遇，但怀李杜潜，
衔诗填四海，蔼蔼寄云端。

赋纵横天下，赋跃马扬鞭，
赋登高一啸，赋临水凭轩，
赋长风落日，赋烟火人间，
赋莳花弄影，赋轻拨灵弦。

笔落成诗史，脉动逸诗篇，
时代倾为弱，鼓盆歌甚趼，
心已出樊笼，嗅轻闻啼鲜，
吟诗诗不老，云过又青天。

彭城湖畔咏深秋：兼贺中国词学研究会年会

2022 年 11 月 13 日

题记：中国词学研究年会 11 月 12—13 日在徐州举行，我受邀做主题演讲，介绍《天国诗酒话情爱》的创作。其间漫步大龙湖畔，得闲一赋：

虽道深秋瑟，彭城湖畔行，
听风临水寂，薄暮遮阳晴，
内卷叶斑驳，枯芜草躺平，
芊芊皆易色，察察无复菁。

却见树高矗，似寻梦未央，
树高不自限，但得向天光，
日月交相替，沧桑生感伤，
芳华一触远，岁月成诗章：

多情苦，无情恼，岁月最深情，
高楼起，高楼塌，岁月亦绝情，
风流种，寂寥客，岁月有仄平，
贪嗔痴，福禄寿，岁月一笑轻。

人生岁月客，足迹满苍黄，
命运伴乡韵，流光织慨慷，
生命本为生长史，恒常独自数无常，
于无声处秋声过，不介意间诗意藏，
岁月何堪岁月影，岁月但成岁月长，
何若抱拥岁月人间加韵起铿锵！

计算无涯

产学研是伪命题
——作于中国计算机学会青年精英大会

2013 年 5 月 26 日

题记：5 月 25—26 日，中国计算机学会青年精英大会在深圳举行，其旨在青年计算机科学家与产业界领袖的交流。

我作为 IT 业界的代表之一作了《产学研是伪命题》的演讲，现身说法讲了高校做产品的问题，做项目做产品的目的是为了出论文，是以成就自我为中心而非以客户价值为中心，论文发表了，职称到手了，使命结束。所以我们就是体制，我们就是机制！

> 冷眼产学研，拨云哪路仙？
> 产惟利润转，学以论文迁，
> 为腹亦为目，彼拿又此沾，
> 吾即体机制，新坟旧鬼烟。

墓碑：惟以生命换永恒
——中国计算机大会给全国优秀大学生的演讲赠诗

2014 年 10 月 23 日

题记：一年一度的计算业界最高盛会——中国计算机大会在郑州举行，中国计算机学会安排我和英特尔中国研究院吴甘沙院长给全国 55 所高校的 98 位获奖优秀大学生讲讲创新创造，我演讲的题目是《如何把握人生创新创造的两次机遇》。今天是节气的霜降，此终为始，与君共勉：

翰香天籁霜，花落墓魂长，

日月交相替，人生创未央。

附：中国计算机大会瞬间：2016 年 10 月在太原的大会我主持创新论坛（右为吴甘沙、中为中科院计算所所长孙凝辉院士）；2018 年 10 月在杭州的大会上与 2004 年图灵奖得主、发明 TCP/IP 协议的"互联网之父"Robert Kahn 合影留念。

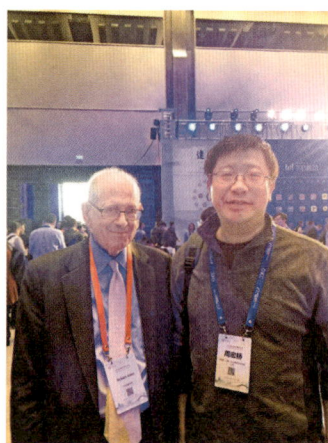

北大计算机系 86 级入学 30 周年庆典

2016 年 7 月 9—10 日

题记：9 号下午抵京，见到了大多数毕业后就再也没有见过的分别了 26 年的同学，从下午聊到深夜，激动不已，诗兴大发，现场赋诗四首，此录其一：

卅年辞夏各西东，逐攘追熙骋马雄，
可忆春光博雅色？未名湖影觅诗踪。

纪念中国计算机学会 YOCSEF 廿年抒怀

2018 年 5 月 26 日

题记：与 YOCSEF 结缘于 2004 年回国参加上海学术委员会选举会议上，时复旦软件学院院长臧斌宇教授是主席，上海交大计算机系谷大武教授和我是副主席，复旦计算机系王新教授是学术秘书，浙大计算机系吴朝晖教授监票。再后我 2005—2006 年在北京总部任学术委员、2007—2008 年任总部学术委员会副主席，其间与清华大学计算机系胡事民教授组织了后来被评为十大论坛之一的《从 SCI 反思中国的学术评价体制》……今日一赋为贺，与全国计算学界同仁共勉：

炎黄无后瓦蒸机，更有图 0 诺曼 1 。
西雨浸残存古道，东山崛整创新时。
四方猛志八方破，今世狂章转世期。
宇宙人生天韵落，后词谁赋和先诗？

中国计算机学会YOCSEF全体会议 2007.2.11

读北大百廿周年演讲学长张益唐解孪生素数传奇抒

2018 年 6 月 20 日

题记：张益唐是在北大 120 年华诞演讲惟一的学生代表。1978—1985 年北大数学系本硕，1992 年美国普渡大学博士。其间因与其博导不和未获推荐而谋得教职，只好在 Subway（赛百味）打工谋生，业余时间沉醉于自己的数学兴趣并进行前沿学术研究。2013 年 5 月，他在对数学领域已是绝对高龄的 58 岁时，因一个偶然灵感而取得诺奖级成就，证明了 Hibert（希柏特）第 8 问题中孪生素数猜想的一个弱化形式而轰动世界。

三光出壳六合辉，久负青苍晚暮碑。
八卸大题希柏特，两清小帐赛百味。
落云着露红尘泪，采数为薇紫梦归。
自许乾坤逐大问，更寻天问第一推！

缅怀计算学科两大奠基人：阿兰·图灵与冯·诺依曼

2020 年 1 月 16 日

题记：因读冯·诺依曼的《计算机与人脑》，缅怀冯·诺依曼，以及另一位开创者阿兰·图灵，我们计算机 0、1 学科的两大奠基人，也是天意，两位名字中恰有"依"与"灵"，赋诗为念：

千家注杜孰接赋？哲必称康莫敢还？
探趣起兴羊挂角，逐云切问象截澜。
冯诺 1 曼神龙履，阿兰图 0 火凤盘。
定海心针他作渡，开天巨刃自存言。

诚者天之道
——终生铭记给清华演讲时的问三三不知

2021 年 3 月 15 日

题记：2009 年 9 月给清华大学计算机系研究生新生入学作"名师带我到前沿"演讲时，因尴尬而汗洒当场。

当时演讲结束在问答环节，一位学生提问，我不知如何作答，于是坦承自己不知道；紧接着第二位学生提问，我还是不知道，顿时汗流浃背，但我仍老老实实回答不知道；此时第三位学生又站起提问，我还是不知道，这时的我，汗珠满面、浑身湿透，感觉颜面尽失。因为会场好几百号人啊，当时主持人、清华计算机系副主任陈文光教授赶紧上主席台要给我解围，我让文光暂缓，然后对学生们说，孔子说"知之为知之，不知为不知，是知也"，这个问题我还得抱歉地答曰"不知道"。然后我自嘲祖籍沛县，老祖宗周勃任宰相时在汉文帝面前创造了一个成语"汗流浃背"，两千年后，他的子孙在清华，软件升级到"汗流浃背"V2 版，此事我终生铭记，回去好好努力。2010 年 9 月，清华计算机 2010 级研究生入学"名师带我到前沿"系列讲座依然邀请了我。

问三三不知，浃背面如撕，
诚者天之道，放心在乐之。

注：

汗流浃背典出《史记·陈丞相世家》：孝文皇帝既益明习国家事，朝而问右丞相（周）勃曰："天下一岁决狱几何？"勃谢曰："不知。"问："天下一岁钱谷出入几何？"勃又谢不知。汗出沾背，愧不能对。

参加中国计算机学会创立 60 周年庆典抒

2022 年 8 月 6 日晚

　　题记：今天上午，中国计算机学会（CCF）创立 60 周年庆典在苏州业务总部 &
学术交流中心举行，唐卫清秘书长主持，两任理事长梅宏院士与李国杰院士为"60
周年 60 人"颁奖，特别是中科院计算所孙凝晖院士言及超算作为大国重器引领世
界、前秘书长杜子德主持论坛言及学会引领全国风气之先的制度创新，所谓一个好
制度胜过好领袖，感动满满，赋诗为记。

　　　　　　　　如歌行板诉，如梦醉天香，
　　　　　　　　但谱兴邦志，但书入史章，
　　　　　　　　峥嵘成国色，慷慨总沧桑，
　　　　　　　　华夏海天阔，涅翔火凤凰，
　　　　　　　　一甲子激荡，六十载荣光。

　　　　　　　　五经正义奠，创制续辉煌，
　　　　　　　　重器出超算，算书发九章，
　　　　　　　　西风何炽烈，东海何茫茫，
　　　　　　　　海浪伏终起，风旋返却扬，
　　　　　　　　约逢百岁庆，笑彼少年郎！

以诗论创

坐驰见独处，原创诞生时
——中国互联网大会演讲《原创如何诞生》

2014 年 8 月 27 日

题记：2014 年中国互联网大会在北京举行，我演讲《原创如何诞生》，通过人文与科技类比揭示原创的过程，人文以李杜，科技以基础科研、应用技术、市场产品类比，概括原创诞生的过程是：原始材料（读破万卷 / 行疆万里 / 转益多师）经过大脑诸如想象 / 关联 / 综合等处理，同时也导致潜意识的积累（厚积），然后某个时点突然释放被意识捕获（薄发），从而触发直觉灵感。即伟大的原创都是发生在无意识领域里的非理性思维活动，我在最后一个 PPT 上赋诗一首，2022 年 5 月 19 日整理诗集时稍作修改。

独坐青苍寂，沐光万息宁，
候惊风一掠，拨籁弄香轻。

今我来思何采薇
——诗人不为诗史奴

2015 年 4 月 26 日于北大朗润园采薇阁

题记：上午在北大与交大安泰 EMBA 学员、央视记录频道总监梁红和北大国发院 DBA 主任张宇伟一起，参加中国诗歌研究院落户采薇阁开园典礼。没想到三任北大校长均到场并发言。中国诗歌研究院院长谢冕教授赋《采薇阁记》。中国作协副主席高洪波曰：这是中国大学里第一个针对诗歌的研究院。中国文艺理论学会副会长孙绍振教授作长篇演讲《出语皆诗的民族》，并调侃将中国改名为"中华诗国"令我印象深刻，我之赋即为边听边对其反者道之动：

新诗干透老成经，诗国祖恩犹未平，
今我采薇观自在，霏霏云破泻天青。

附：用佛家《心经》前三字"观自在"，表达创新创造之三大来源：一是观察自然之存在，是谓观天地；一是观"自在"，即观察这个自在之世，是谓观众生；一是观"自""在"，即观察自己的存在与内在，是谓观自身。

以上三维须贯以"采薇"内蕴之大悲悯：即"昔我往矣，杨柳依依。今我来思，雨雪霏霏。行道迟迟，载渴载饥。我心伤悲，莫知我哀！"。

"天青"：我取典明洪应明《菜根谭·概论》的"君子之心事，天青日白，不可使人不知；君子之才华，玉韫珠藏，不可使人易知"。

天才与大师：九九归功一兔蹴

——给北大国发院作《唐诗与创新》讲座

2016 年 6 月 26 日

题记：6 月 25 日在给北大国发院 EMBA 课后作了《唐诗与创新》的讲座，以李白与杜甫为例说明抵达伟大的两类路径：前者是年轻的、多凭直觉和想象的“天才”，后者是稳重的、多凭理性和实践的“大师”；再讲了中华诗史在李杜之后能达到开宗立派量级的后续诗人的创新之路。

继续以中华诗史两大天才李白和苏轼为例。我引徐健顺先生对李白所引历代诗人的次数以论天才亦需“读书破万卷”之积跬。

如何“下笔如有神”？杨万里《诚斋诗话》载欧阳修录取苏轼后问其文关于皋陶与尧一个故事的出处，东坡说在《三国志·孔融传》注中。欧退而阅之无有，再问东坡，东坡引孔融对曹操说，昔日武王伐纣，以妲己赐周公，曹操惊问出处，孔融说以你灭袁后将其儿媳赐曹丕推理而出。欧大惊曰：此人可谓善读书善用书，他日文章必独步天下。

总之，天才亦须大师之积跬，大师亦须天才之顿悟，类似成功 =99% 努力 +1% 灵感，我以龟兔寓意大师与天才，赋诗曰：

天才似脱兔，意到疾如助。
积跬勤年行，大师龟步塑。
兔缺龟九韧，龟差兔一蹴。
九九盼归一，龟功待兔悟。

惟精惟一
——江西庐山行四首·其三·白鹿洞书院
参为学之道

2016 年 8 月 16—18 日

题记：古时中西两大书院，为西方创立教育规范的是最古老的柏拉图学园（BC 385—AD529），中国则为白鹿洞书院，其巅峰为南宋朱熹为之重定学规，后为儒家教育体系典范。

关于为学之道，我以朱子三事例证：其一是 1158 年，朱熹求学李侗，被李侗严厉批评所学不专；其二是 1175 年鹅湖之会，陆九渊批朱熹之学"支离"；三是"朱子读书法"——循序渐进、熟读精思、虚心涵泳、切己体察、着紧用力、居敬持志，亦即"为学之道，莫先于穷理；穷理之要，必在于读书；读书之法，莫贵于循序而致精；而致精之本，则又在于居敬而持志"。8 月 16 日与家人访白鹿洞书院一赋：

定规白鹿洞，创范柏拉图，
格致终行笃，穷理必读书，
芝诺龟胜锲，骑墙薛猫踌，
但持精一志，天道忌二途。

诗绘直觉灵感，暨诗的诞生
——忆听人生第一讲

2016 年 12 月

题记：2016 年 3 月刊《中国计算机学会通讯》发表了尼克文章《达特茅斯会议与人工智能的缘起》，提及了人工智能的一个分支机器定理证明的奠基人、1983 年获首届机器定理证明里程碑奖（相当于数学界的诺奖）的美籍华裔数学家、逻辑与数理逻辑学家、计算机科学家、哲学家王浩先生（1921—1995），勾起我满满的回忆。

我入学北大听的第一个讲座就是王浩先生回国讲授哥德尔、分析哲学、中西哲学比较及可能的超越。先生是状元考入西南联大的，师从金岳霖，博导是大师蒯因，不到两年拿下哈佛博士，美英双院士。那时我 17.9 岁，除了两哲相较如西哲重分析，中哲重启发，但仍均诉诸理性，最入我心的还是先生提出的可能超越之路——直观直觉，它是当下的顿悟，发生之前没有推理、语言和方法，可能与我比较文艺的思维谙合。

11 月买了王浩的《逻辑之旅》，接着，我就直觉和灵感阅读了大量文献，大致而言，抵达事物本质有两种方法，一是逻辑理性，一是直觉灵感，学习的过程其实是二者的结合并上升到更高阶的直觉，而二者交互的典范就是计算思维，我赋诗将直觉灵感给描绘出来：

灵魂喘息入沉冥，点滴声情忆絮凝，
造化折来心镜像，倏然神契起丰盈。

人有三长：才、学、识

——诗酬海泉给女儿讲艺术天赋与后学之关系

2017 年 7 月 24 日

题记：7 月 22—23 日给北大国发院 BIMBA-E16 授课，这次课后带女儿与音乐人胡海泉在博雅酒店餐厅小聚，女儿询问海泉艺术创造中的天赋与后学之关系，我深以为然，兼引唐人刘知几"史家三长，才、学、识"并扩自一切领域，赋诗曰：

> 天赋才情遗，后天学养积，
> 学如摊地尸，才似勾魂气，
> 八斗才高量，五车学富计，
> 才学不化识，安得浮生立！

附：请海泉同学给《半面创新》题写的几句话：宏桥先生是我的良师益友。他在学术领域中西合璧、文理贯通，独创的半面体系前空古人，令人佩服。与宏桥先生谈诗歌聊音乐，我们惺惺相惜。惊奇的是，他竟是设计过面向全球市场的软件互联网产品的技术专家。从他身上我悟出：技术和学术上升到更高层面应是艺术，而感性与理性、诗与远方和严谨的管理与工程居然可以浑然一体。

但存三教辩，天地清音谐

——游嵩阳书院感怀

2018 年 8 月 21 日

题记：嵩阳书院是北宋四大书院之一，是儒释道三教荟萃之地，其中理学大师程颐程颢的程门立雪典故发生于此；司马光《资治通鉴》第 9 至 21 卷在此完成；院内的高大柏树，汉武帝来游时被封为将军柏，树龄 4500 年，是中国最古老的柏树。8 月 15 日下午与家人来此，今日一赋：

> 耄耋将军柏，常思佺佽耶？
> 程门立雪化，司马政通嗟，
> 既出象牙塔，却徘十字街，
> 但存三教辩，天地清音谐。

总求济世用，谁仰问苍天？
——湖南行四首·五律其四·游岳麓书院抒

2019 年 5 月 30 日

题记：2019 年 5 月 1 日上午，与长江 EMBA 31-3 班娄力争、31-2 班张开永同学等一行游览了有千年学府之称的湖湘文化代表岳麓书院，有感于中西古典文明衰落而抒，亦从湖湘文化上至叩问中华文明之失，"实事求是"与"奇思狂想"，"经世致用"与"仰望星空"。

斯盛湖湘脉，九疑兴毁斑。
抱经东逝水，遗诫西奈山。
因信称仁义，中和致圣贤。
总求济世用，谁仰问苍天？

何做创新者，青云负瀚苍
——访孔庙与国子监

2021 年 7 月 28 日，2022 年 9 月 20 日修改

题记：从内蒙古抵京，于 27 日下午与友人访孔庙与国子监，28 日拟就。今日整理诗集正读此诗时，收到长江课设部邮件，9 月 15—16 日给 38-1 班的创新课课评又获满分，此前开学第一课 9 月 1—2 日给 38-3 班已是满分，联想到孩提时代父亲摇头晃脑吟诗对我的期望"万般皆下品，惟有读书高""太学进士翰林院，儒宗国老大诗家"，一哂欣然，略改为补：

奉经国子监，尊孔太学堂，
题点翰林榜，立碑进士乡，
唐宗喜入彀，乾帝斥优倡，
何做创新者，青云负瀚苍。

古爱新说

虞姬与项羽二首

五律·仲夏登戏马台缅虞美人

2021 年 7 月 19 日于徐州下午参观完后当晚一赋

捉放鸿门宴，秋风戏马台，
霸王骓不逝，虞美舞低回，
对酒楚歌迫，殉君故剑裁，
千秋怜一刎，相惜缅魂来。

代虞姬和《垓下歌》

2021 年 7 月 20 日于徐州赴西安而困于郑州暴雨的高铁上

题记：昨天在戏马台读完汉朝佚名的代虞姬和歌（汉兵已略地，四面楚歌声，大王意气尽，贱妾何聊生），如鲠在喉。试想，彼时项羽穷途末路，生死之际咏出"虞兮虞兮奈若何"，正可谓：英雄气短，儿女情长。虞姬何如？一介弱女子，面对绝望的项羽，心疼、无奈，甚至不知所措，但应瞬间想到自己绝不能成为项羽突围的拖累，于是无限勇气让她咏出绝命诗：胜败乃兵家常事，大王须即刻突围，之后我的灵魂就在此处等待大王！没等项羽反应过来，立马拔剑自刎。一代美女展现出决绝气概和对项羽刻骨铭心的爱与牺牲精神。两千年后，我代虞姬一赋：

四面楚歌起，江东犹可期，
待王卷土日，重与妾魂依。

秋雨山东行三首其二·易安身世一声叹

2021 年 9 月 26 日章丘李清照故居参访，27 日成诗

羞嗅青梅回首倚，赌书泼茶共香灯，

才高自古命多舛，国破偏逢家亦崩，

冷冷清清血泪寄，寻寻觅觅雄杰横，

无常人世终尝遍，一醉天堂鸥鹭惊。

楼诗年寺在瓦尘一枕风流无限春
君拟诗题吾作赋夸诗赋羡君詳
料蓬心窘罾四甘溲致辨摘香倒刺
嗅最美人间何那以互华彼兴更注魂

周宏楊先生味懷李清照詩
壬寅之秋　慶堂

一生有四季，千古此风流
——读千古第一才女《李清照传》抒

2021 年 10 月 6 日凌晨至上午

题记：9 月底济南李清照故居行之后，十一假期得闲读《李清照传》，10 月 5 日读完，情难自抑，是夜辗转，6 日凌晨起赋，笔随情动，洒洒千言，纪悼我心中的这位中华文明千古第一才女。

春风

春风光影曳，一瞥尽怦然，
初邂相国寺，刹那起尘缘，
低眉遇浅笑，书卷互缠绵，
万古山河彼此近，噫尔居然在此间！

溪亭鸥鹭惊，红瘦绿肥中，
两支《如梦令》，才名满汴京，
更和中兴颂，婉约见豪情，
一曲诗心似夜鹊，绕树三匝不得宁。

冠盖不绝中，父母媒约求，
戏谑经年后，绛唇几点幽？
仍记秋千罢，袜刬金钗溜，
倚门却把青梅嗅，再见倾心回首羞。

人世几知己，对酌话古今，
寰宇多俗客，天涯此氤氲，
风流皆占尽，岁月至斯新，
一枕春风相见晚，才子佳人正始音。

夏花

有妻若清照，如醉如痴深，
有夫若明诚，如鹣如鲽恩，
攥手磨松墨，偎怀弄笔嗔，
笑语檀郎仲夏梦，冰肌雪腻酥香魂。

君醉金石业，吾填平仄词，
吾赋君先品，君淘吾典衣，
相爱何欣欣，人世两人时，
夜尽一烛唱与随，惟愿三生相与依。

娘家与婆家，党争宦海寒，
偕隐归来堂，倚窗居易安，
赌书泼茶趣，岁月两清欢，
屏居十载青州里，良辰终老此心甘。

南豆种陶然，篱菊采悠然，
耐孤心不躁，心浮不耐烦，
疏影尚风流，暗香淡若烟，
吾之所爱亦爱吾，灿若夏花何幸焉！

秋霜

庭院深几许，秋霜入轩窗，
完婚二十载，香火未能圆，
重聚莱州任，却惊侍妾欢，
恣肆风流成一梦，春风已过夏花蔫……

家事成疏落，靖康破金瓯，
车载连船运，江宁别青州，
人生徒聚散，千载水东流，
最是无情岁月碎，谁人长夜伴孤舟？

秋霜饮不尽，宵遁却缒城，
抛妻弃百姓，天下何汹汹！
巾帼亦思项，恸不过江东，
舍生取义仁不让，生当人杰死亦雄！

生命落为尘，诗酒何匆匆，
蓦然天人隔，契阔成死生，
缘起缘终灭，缘生缘未空，
天上人间多少事，怦然开始默然终。

冬梅

风雪留梳痕，冬梅一绽红，
吾与梅孰美？对白再无声，
亭亭梅影淡，世事杯中空，
无端风雪总轻佻，醉眼红尘固执中。

红尘无彼岸，足迹即天涯，
再嫁又离异，残雪压梅丫，
厚才天啬遇，夜尽终出霞，
倘可人生择岁月，何随世事泛浮槎！

无憾不人生，幸伴两灵犀，
无言亦默契，不语满怜惜，
生命若尘土，尘土有高低，
乾坤为纸人做笔，千秋落定在归期。

巨浪归平畴，天涯独念君，
君在君是世，君去世惟君，
今生只两人，来世再陪君，
春夏秋冬平仄暖，起承转合千古一矜只为君……

夏游沈园·陆游与唐婉二首

2022 年 8 月 3 日晨起其一，4 日晨起其二

题记：7 月 28 日与雍善会马吕利、赵晓刚两家人游绍兴，一天密集参访了鲁迅故居、沈园、蔡元培故居、王羲之故居、徐渭故居、章学诚故居、在建的陆游故居及最后的《兰亭集序》地，在随后的西安、韩城、北京的出差结束回沪后"正""反"一赋陆游：

其一　曰"正"

千秋孰续《钗头凤》，曾梦惊鸿落沈园，
咫尺重逢难启齿，天涯情印入唇弯，
今生但去诗犹在，转世痴来自顾怜，
向使爱深因离散，一词钗凤锁前缘。

其二　曰"反"

曾有惊鸿影，弄波落沈园，
凤栖梧夜雨，蝶恋花凭阑，
孰断阴阳隔？何愚妈宝男！
红酥但失手，酒尽徒潸然。

深情何耐久，爱过此生值
——张爱玲胡兰成之爱感抒

2022 年 11 月 29 日风雨忽至陡然降温

题记：张爱玲是我心目中仅次于李清照的千古第二才女。10 月 3 日国庆期间曾陪来沪友人访其故居，因疫情封控不得入，拍个楼照快快而去。最近读其传记，读她与胡兰成的爱恨情仇，随后又读了胡兰成在其《中国文学史话》中"论张爱玲"篇的深情回忆，觉得张爱玲"见了他，她变得很低很低，低到尘埃里。但她心里是欢喜的，从尘埃里开出花来"是值得的，毕竟彼此深爱过。今天一早出门做核酸，看到昨晚忽至的风雨打落的满地黄叶，触景一赋：

风呼雨落叶，落叶满黄苔。
漫道尽枯败，繁枝曾盛开。
既来何必走，既走为何来。
观复尘埃寂，待春新梦怀。

注："观复"引典《道德经》第十六章"致虚极，守静笃，万物并作，吾以观其复"。即观照万物之纷纭往复。

不可说

2021 年 9 月 29 日午休被暴雨惊醒后挥笔

一枕鲲鹏梦，飞落易安乡，千古最才女，花瘦人蔫黄，
曾惊鸥鹭起，曾泼茶书香，无奈命多舛，一醉在天堂。

易安羡美虞，有夫盖世强，更怜一剑刎，铿锵殉慨慷，
星照不归路，风寒夜未央，红颜多薄命，混沌入洪荒。

虞姬仰木兰，替父着戎装，关山度若飞，巨浪挽澜狂，
器大声当洪，志高意必张，兴亡百姓苦，乱世断人肠。

顾盼手机屏，弹指奏音簧，木兰思治世，巧手做羹汤，
酒醉伴深爱，诗兴转柔肠，命运有留白，胎息是栋梁。

吾今逢盛世，才笔信由缰，涓滴成海岳，天地任心翔，
高音千古少，紫衣惜草芳，远处是风景，近处人生长。

夜静闻霜籁，荷残菊自黄，寂寞生清冷，平淡起彷徨，
人生难圆满，诗酒问青苍，望月古今梦，梦阑人未荒。

诗化歌乐

长江情

2020 年 12 月 18 日凌晨半酣时疾书

题记：2020 年 12 月 17 日晚与长江 EMBA 32-4 班十几位同学冬聚于上海天臣集团，喝到了 f_3 半酣态，是夜至凌晨借着酒劲一气呵成上阕，晨起酒醒后补全下阕。同班刘川郁同学随后谱曲。因醉酒赋诗尺度稍大，歌曲发行前，2021 年 6 月 28 日修改。

冬染红尘凉，煮酒话长江，
谈笑亦饕餮，聚首唇舌枪。
惊叹万物有气骨，老神在在昂且扬。
却憾乡愿撑未愿，黑灯瞎火说堂皇。
最恶是庸常。

对酒催白发，和诗绕黄粱，
人生几许运，但祈慨而慷。
大疫一刀两世界，月球望地心是乡。
拉磨终抹千里志，不奉人君任由缰。
为天守衡良。

诗酒人生在 f_3

2021 年 5 月 3 日

题记：这首诗本来是因教学需要，便于《半面创新》理论的更好理解，我将理论用之于喝酒，五一期间写成了一首"喝酒的状态函数"，长江 EMBA 33-2 班学员、猪八戒网联合创始人，也是音乐作曲家刘川郁同学为之谱曲，首次发布于 5 月 9 日的诗酒月聚，2021 年 10 月专业制作之后在全国发行。

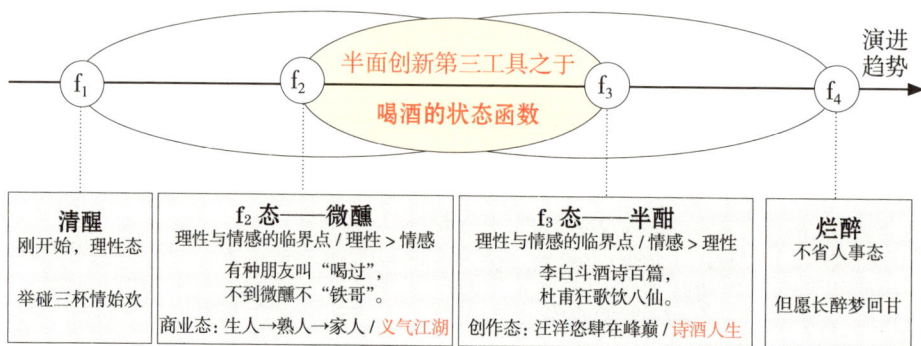

清醒	f_2 态——微醺	f_3 态——半酣	烂醉
刚开始，理性态	理性与情感的临界点 / 理性 > 情感	理性与情感的临界点 / 情感 > 理性	不省人事态
举碰三杯情始欢	有种朋友叫"喝过"，不到微醺不"铁哥"	李白斗酒诗百篇，杜甫狂歌饮八仙。	但愿长醉梦回甘
	商业态：生人→熟人→家人 / 义气江湖	创作态：汪洋恣肆在峰巅 / 诗酒人生	

学过数学函数的朋友，都知道 f_1、f_2、f_3，
用来表达喝酒的状态，是清醒、微醺和半酣。

理智初态是 f_1，举碰三杯情始欢。
醉宿不醒是 f_4，但愿长醉梦回甘。

古来圣贤皆寂寞，劝君先饮到 f_2。
有种朋友叫"喝过"，不到微醺不"铁哥"。

人生最佳是 f_3，半醉半醒似神仙，
情过理智临界点，汪洋恣肆在峰巅。

（白）：

人生得意须尽欢，大家随意我先干，
李白斗酒诗百篇，杜甫狂歌饮八仙。

人生最佳是 f_3，半醉半醒似神仙，
情过理智临界点，汪洋恣肆在峰巅。

是豪情万丈，是意气狂澜？
是决胜千里，是羽扇青纶？
是快意恩仇，是悲悯苍天？
是浅斟低唱，是柔情长潸？

是豪情万丈，是意气狂澜？
是决胜千里，是羽扇青纶？
是快意恩仇，是悲悯苍天？
是浅斟低唱，是柔情长潸？

人生最佳是 f_3，半醉半醒似神仙，
心之温度在诗酒，盖世英雄亦缠绵，
情之所钟在我辈，相逢一杯尽苍乾。

RAP- 码农说

2021 年 5 月 6 日

题记：我写歌词，川郁谱曲，如此合作了几次，川郁为我拟了一个出版音乐专辑的目录，大约写够十首即发专辑。这首程序员之歌是将 2018 年 4 月《七律·Hello World》改编为 RAP 音乐风格。

那年星彗划天衣，落赋初值计算机，
史前世界听 God Said，信息时代码农噫吁嚱：
但闻宇宙人生道，自由意志递归调用 if-then 驱，
惟将人生宇宙行，追随内心循环迭代 do-while 依，
"活着就是为了改变世界"，一群敲键编程扮上帝的天才与疯子。

自由与安全，Abort，Retry，Ignore？
意志与命运，Abort，Retry，Ignore？
梦想与现实，Abort，Retry，Ignore？
希望与绝望，Abort，Retry，Ignore？

饿时就吃困了睡，不饿不困码程序，
一周调程９９６，编译通过是狂喜。
新陈迭代苦与乐，递归归去又来兮，
莫负扉词"hello-world"，乾坤重构 de-bug 时。

自由与安全，Abort，Retry，Ignore？
意志与命运，Abort，Retry，Ignore？
梦想与现实，Abort，Retry，Ignore？
希望与绝望，Abort，Retry，Ignore？

计算机模拟现实？或是应超越现实？
计算机兼容历史？或是应超越限制？

新陈迭代苦与乐，递归归去又来兮，
大脑全是"0""1"碰撞的放荡不羁。

自由与安全，Abort，Retry，Ignore？
意志与命运，Abort，Retry，Ignore？
梦想与现实，Abort，Retry，Ignore？
希望与绝望，Abort，Retry，Ignore？

上下求索是否"卡"？长路漫漫修远兮，
左右冲突又回"中"？东西茫茫绵长兮，
有一种条件判断，是自由意志的偏执，
有一种循环迭代，是宇宙命运的矜持，
有一种楚楚动人，God 虽未 Said 码农噫吁嚱：
要把碳基自我活成硅基程序与诗的样子！

问世间，谁是英雄？

2021 年 5 月 18 日

题记：这是参访完长江 35-1 班王小玮同学的玖月音乐并体会了电子管风琴（双排键）这种乐器的威力之后，专门拟写的歌词。创作目标是单独为双排键这种乐器设计一种歌词组合，从而发挥乐器的各种潜能。写了两首，本诗集收录一首。

木之精秀者为英，兽之特群者为雄，
上马驱胡下马赋，问世间谁是英雄？

萧萧易水寒，荆轲刺暴秦，（以下副歌由某种乐器演奏）
  风萧萧兮易水寒，壮士一去兮不复还；
  探虎穴兮入蛟宫，仰天呼气兮成白虹。

拔山气盖世，项王咤风云，
  力拔山兮气盖世，时不利兮骓不逝，
  骓不逝兮可奈何！虞兮虞兮奈若何！

羽扇纶巾任周郎，沉雄豪放看苏辛，
  遥想公瑾当年，小乔初嫁了，
  雄姿英发，谈笑间樯橹灰飞烟灭。
  醉里挑灯看剑，梦回吹角连营。
  马作的卢飞快，弓如霹雳弦惊。

惊天一悟龙场啸，始知英雄泪，宇宙在我心。
  清风元气许，夜雨剑诗翩。
  一悟死生道，此心不复言。

  （白 / 或 Rap/ 副歌）
  英雄可是闻鸡起舞、悬梁刺股？

英雄可是振臂一呼、沉舟破釜？
英雄可是长夜恸哭，求败独孤？
英雄可是缱绻红烛，诗酒一壶？

胡笳十八怨，国倾文姬琴，
　　云山万重兮归路遐，疾风千里兮扬尘沙。
　　生人既得兮归桑梓，死当埋骨兮长已矣！

柳絮因风起，林下道韫吟，
　　遥望山上松，隆冬不能凋。
　　时哉不我与，大运所飘摇。

声声慢叹李清照，当垆红装卓文君，
　　生当人杰死鬼雄，凄凄戚戚冷清清，
　　寻寻觅觅思项羽，奈何不肯过江东！
　　皑如山上雪，皎若云间月。
　　愿得一心人，白头不相离。

垓下和歌拔剑刿，美人英雄血，风雨泣鬼神。
　　四面楚歌起，江东犹可期，
　　待王卷土日，重与妾魂依。

（白／或 Rap／副歌）
英雄可是闻鸡起舞、悬梁刺股？
英雄可是振臂一呼、沉舟破釜？
英雄可是长夜恸哭，求败独孤？
英雄可是缱绻红烛，诗酒一壶？

逝者长如斯，归去又来兮，
不愿精致利己度治世，
可求生于乱世虽万千人吾往矣？
千古江山何处觅，英雄当世！

吾侪格局向天说

题记：庚子年最后一天中午，与长江EMBA 33-2班同学卢梵溪、董华衍、韩卓、王倩、王文钢、郭爱龙及33-3班李锋等在北京尚宴孔乙己小聚，辞旧迎新，在机上微醺半醉之际挥笔而就：

佳人觅粉嫩，茅台过期喝。
岂能娱乐死，挥剑大风歌。
这方山路十八转，那边套路九罗锅。
你不知道我知道，财报空色是奔波。
半世生计拖。

人生论代数，来生竟几何？
二少德和赛，三老道儒佛。
天理在半恶圆满，东西古今正反合。
我知道你不知道，吾侪格局向天说。
半世理想国。

沙　语

2022 年 10 月 19 日晨起

题记：17 日晚间临睡，复旦EMBA-2019级、极兔公司联创人张彭同学请我为其企业写歌词，一著名音乐人填曲，联合创作一首企业之歌：

(一)

（齐 - 白）同心者同频，同道者同行，
　　　　　非常人做非常事，非常事成非常功！

（唱）

　　　　一沙一世界，粒粒有奥义，
　　　　人生不愿随波流，人生不愿躺平死，
　　　　做自己是浪漫一生的开始。
　　　　做沉沙触摸大海壮丽，
　　　　做飞沙畅游青天无际，
　　　　再平凡的骨里也有真理！

(二)

（齐 - 白）同心者同频，同道者同行，
　　　　　非常人做非常事，非常事成非常功！

（唱）

　　　　天河沙亿数，塔成在沙聚，
　　　　一盘散沙不成器，兼容并包能共济，
　　　　何不携手前行彼此砥砺！
　　　　做搏浪锥沙合击奋力，
　　　　做大漠狂沙上下同欲，
　　　　醉卧沙场笑拥兄弟情义！

（三）

（齐－白）同心者同频，同道者同行，

非常人做非常事，非常事成非常功！

（唱）

沙粒感冷暖，沙粒听风雨，

沙粒当气吞万里，沙粒当永不言弃，

沙粒惟历经淘洗方获美丽。

看秦月汉关魏晋风骨，

看唐雄宋婉明清远去，

人生当是用来演绎奇迹！

题诗诸艺

设计至美　秋水伊人
——2015 年亚洲设计论坛闭幕式演讲

2015 年 11 月 9 日演讲；2021 年 10 月 24 日题诗

题记：在 2015 年度亚洲设计管理论坛作闭幕式演讲，中央美术学院海军教授主持，闭幕式三个演讲嘉宾是同济大学设计学院院长娄永琪教授、我，中央美院设计学院院长王敏教授压轴。在演讲完"半面创新"之于设计创新后，我说我理想的设计至美是在艺术与科技结合处之"简洁优雅的和谐之美"，应是温克尔曼归约的古希腊艺术精神"高贵的单纯、静穆的伟大"的正反合，应是达·芬奇所谓"简单是复杂的最高境界"。若干年后，我以"秋水伊人"作为艺术意象而题诗设计：

蒹葭苍苍，白露为霜，
所谓伊人，在水一方……

一湛青苍静，天香花叶盈，
伊人秋水倚，淡看流光轻。

溯游从之，道阻且长，
溯洄从之，宛在水中央……

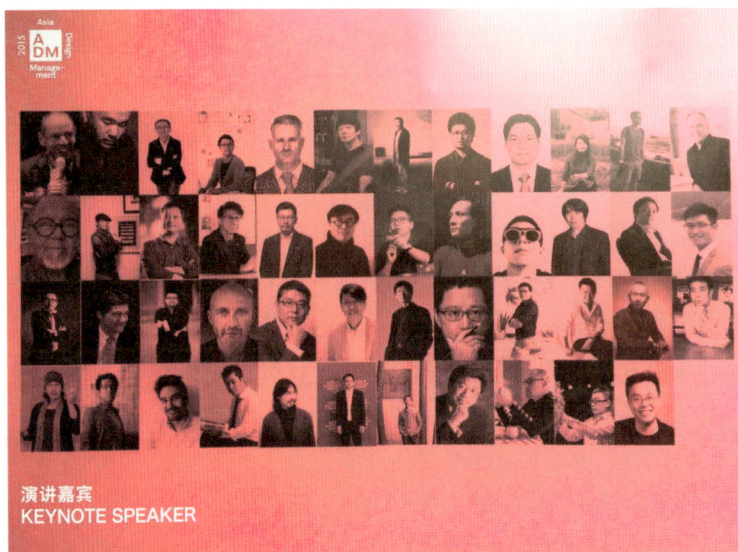

五律·潮生赤足泅

2015 年 12 月 25 日，女儿于以色列特拉维夫海滩；
2021 年 7 月 18 日题诗

云水青阳鸥，潮生赤足泅，
横澜吐沫白，羞发逐风悠，
寻梦海天际，踏沙风骨柔，
何如长浪漫，一世逍遥游。

我有不死之灵魂
——诗酬钢琴艺术大师孔祥东先生音乐素描及诗朗诵伴奏

2021 年 4 月 27 日

题记：4 月 24—25 日在给上海交大安泰 EMBA 授课期间，24 日晚，长江 EMBA 33-3 班尹晓峰同学主持音乐沙龙，介绍我结识了一代钢琴艺术大师孔祥东先生，孔先生被西媒盛赞为"一个世纪只能出一到两个，真正能激动人心的天才钢琴家"。感念于孔先生为我做音乐素描以及晚宴后钢琴伴奏我诗朗诵自己创作的诗词，26 日周一忙完企业调研，27 日得空诗以记之。

补记：我在 EMBA 教学中有一项是"想象力之来源"，案例为诗词中的想象力，在音乐方面枚举并比较了中华诗史上以诗写乐的三篇大作：白居易《琵琶行》、韩愈《听颖师弹琴》和李贺《李凭箜篌引》，并以我这篇作为创作过程的类比来揭示想象力生发的过程。

屏息侧耳品声命，音乐素描进行时，
哆来咪发唆拉西，起音……三二一……开始……

君可听：
轻敲见花月，飞鸟如针捅破天，
重击赴慷慨，烈风若斧劈狂澜，
远眺孤山孑世立，大江缱绻悠悠缠，
绝尘一骑拐三拐，追日九霄见苍寰。

手挥指青天，一缕晨曦午正燃，
指触安大地，夕霞伴月入水寒。
精神火花黑白跃，上下求索左右盘，
灵魂边界触即苦，童真一片品回甘……

君曾忆千年：

萧萧易水和悲筑，大风起兮暴秦崩。
明明琴怨卓君泪，司马相如字长清。
洛神伊梦寄歌赋，翩若惊鸿宛若龙。
嵇康绝唱《广陵散》，侠客戈矛犹纵横。
女娲炼石补天裂，石破箜篌引天惊。
颖师弹若肠置炭，志感丝篁金石铿。
同在天涯同沦落，琵琶催识既相逢。
地狱天堂分界处，回看人间不了情……

君奏 G 大调，我写 C++，
舞锤似流星，挥棒嵌狼牙，
俄狄浦斯青春梦，桃花源中数蒹葭。

君唱哈利路亚，我祈盘古女娲，
策马巴音布鲁克，寄诗屈陶李杜家，
上马击胡下马赋，一生纵意自天涯。

快板或慢板，嗔痴与恋贪，
子曰学而时习乐，God Said 存在与时间，
弹指节奏如诗兴，揉碎自身亲自然。

高调或低调，希望与悲观，
不安分是自由始，音轻心颤丝如兰，
遍历人间千万重，一键铿锵自清欢。

刹那即死亡，刹那即新天，
生命渗漏于日常，生命蒸腾于瞬间，
人活一世剩几何？内心华章与诗篇。

君不见：
草堂杜诗圣，谪仙李翰林，
率性莫扎特，重剑贝多芬，

诗乐本是世之源，诗乐本是情本身。
幕天席地八荒纵，人生跌宕水龙吟。

生旦净末丑，水火土木金，
曲终人不散，乡愁伴春深，
不求人解化东西，但行己事任古今，
来途偶然去途定，我有不死之灵魂。

题诗"玖月奇迹"王小玮

2022 年 8 月 12 日上午

题记：昨晚在大连金石滩发现王国观赏长江 35-1 班王小玮同学超级指尖秀全国总决选开幕式音乐晚会。小玮是音乐组合"玖月奇迹"成员，既是歌手，更是中国电子管风琴（双排键）演奏家第一人，曾五上央视春晚。今夜一袭黑白、闪转腾挪，我赞之以英姿飒爽、长江 36-1 班蔡永文赞之以侠女豪情，上午得闲，题诗一赋：

霓裳黑白束，英气风神翩，
光弄千寻色，音氲万郁芊。
凝眸花入梦，弹韵海惊澜，
甘露生天地，青丝沐月弯。

五律·温雅隽朗大书家
——题诗李文采先生赐赠书法

2022 年 10 月 4 日于重阳节

题记：感谢当代大书家李文采先生为诗剧《天国诗酒话情爱》题赠书法。李先生 1963 年就读于浙江美院国画系书法篆刻科，是中国近现代书法教学的首届两位本科生之一，受业于潘天寿、陆维钊、沙孟海、朱家济、诸乐三、方介堪等大师，是西泠印社与中国书法家协会会员。

温雅浓淳酿，鹤鸣朗月清，
时时露笔意，处处隐机锋，
气攫成章法，趣开新寄兴，
重阳沙下起，天韵自高登。

生日喜得白墨先生为《天国诗酒话情爱》
而创画作

2022 年 10 月 6 日

题记：起床不久，即收到当代书画家、人大 EMBA 陈卫家兄牵缘转来的白墨先生"题款：天国诗酒话情爱——为周宏桥先生诗剧天国诗酒话情爱而作"画作，人物丰神奕奕，形象栩栩如生，大喜过望，恰值生辰，赋诗酬谢白墨先生：

今日生辰庆，喜收白墨图，
千古六诗子，酒酣天国庐，
醉醺卧坐立，神采各殊途，
但话人间爱，但悲尘世浮！

君不见：
烈士屈子何激昂：
抗秦合纵迁三闾，颂橘忠行不贰臣，
九辩九歌哀破郢，招魂招隐涕修坟。

隐士陶翁独悠然：

岂为折腰五斗米，麾而去馈嗟来食，
东菊南豆无弦奏，箪食瓢饮诗酒时。

狂士李仙尽孤傲：
凤歌笑孔一狂客，临海钓鳌此谪仙，
黄鹤楼曾搁傲笔，不掩惊天动地篇。

儒士杜公惟忠厚：
京困陇奔流涕路，蜀漂夔泊泛江行，
三篇礼赋折摧苦，八首秋兴沉郁情。

居士坡兄真旷达：
绝命两诗凄夜雨，寒书一帖遣春殇，
三州苦僻笑生死，十载蛮荒赋慨慷。

更有千古第一才女李易安：
君拟诗题吾作赋，吾诗赋罢君评斟，
莲心尝苦回甘泪，玫瓣摘香倒刺嗔。

忙完辞赋事，即作豫章游，
诗酒话风谊，拜欢白墨楼，
春秋有大义，天地心经留，
千古文章事，共怀创未休。

高音千古少，孰与论青苍
——题诗江海沧兄赠书画印三绝

2022 年 12 月 11 日

题记：与金石书画家江海沧兄相识于2009年，诗集付梓前夕收到海沧三绝相赠，喜不自胜，欣然一赋为赠：

> 归隐拖刀去，出山回马枪。
> 高音千古少，孰与论青苍。
> 时代倾为弱，但鸣孤凤章。
> 力开伊阙道，郁郁龙门光。

注：海沧祖籍陕西宝鸡岐山，客居上海。艺术评论家薛永年说"江海沧是一位光怪多彩的奇士"；刘骁纯说"江海沧乃奇人也"。范迪安说："海沧本色，就是走上了一条追求精神超越、寻找生命意义的道路。"

凤鸣岐山引周文王典，伊阙之战是宝鸡人白起出山的成名战，伊阙一出即洛阳龙门，开始逐鹿中原。

印章内容为"天国诗酒话情爱"，书法为"高音千古少，孰与论青苍"。

师生赠答

七律·诗赠国士王君克勤：a 是大斧除小虻

2019 年 7 月 15 日

题记：上午收到长江 EMBA 31-3 班安书贤班主任提交的全班作业，下午得空阅评，读到王克勤同学作业时，为其感天动地之事迹百感交集、热泪盈盈，一挥而就，赋诗为赠。（结尾为牛顿第二定律 a=F/m，a 是大斧除小虻）

> 虽始发于万岁蒙，调查记者善慈终。
> 克勤克黑仁非苟，悲国悲民物与同。
> 有且仅有清尘世，今匪斯今度苍生。
> 但集岁月常回首，a 是大 F 除小 m。

附：王克勤曾被评为中国调查记者第一人、文化中国十年人物等。致敬理由：王克勤，中国新闻界最具分量的"核潜艇"。当看不见他的时候，他在水下默默潜航；而一旦他浮出水面，一定就是对黑恶势力致命的一击。王克勤为中国新闻界树起了标杆，昭示着中国新闻界可能达到的专业高度和精神高度。

又：2020 年，武汉出现新冠疫情，我给克勤的大爱清尘基金捐款，我回国后，克勤来我酒店给我颁证。

七律·诗赠国士简君光洲：董笔齐书简刃铿

2019 年 12 月 3 日

题记：2019 年 7 月 5—8 日给复旦 EMBA-2018 级授课，8 月底收到作业，9 月在西雅图评改，读到简光洲同学的作业时感动万分，后上网搜索了相关资料后更是油然生敬，一直惦记着下次回国时与简君一叙，为良知正义小酌几杯，最后是安排在 12 月 4 日，今在回沪高铁上赋诗一首，在寒冬为明日晚宴增兴。

> 大河淌古曲仍东，董笔齐书简刃铿。
> 国士挥戈屠毒鹿，书生仗钺斥氰胺。
> 星袭虹贯鹰击殿，人愤神憎剑发硎。
> 君"撤"一嗟天下震，何存理想泛桴行？

注："董笔齐书"典出文天祥《正气歌》"在齐太史简，在晋董狐笔"。

"星袭虹贯鹰击殿"典出《战国策》"唐雎不辱使命"之彗星袭月、白虹贯日、苍鹰击于殿上。

"剑发硎"典出梁启超《少年中国说》之"干将发硎，有作其芒"。

简光洲简介：2008 年 9 月 11 日，他的报道《甘肃十四名婴儿疑喝三鹿奶粉致肾病》刊出之后震撼全国，随后也获得新闻界各项大奖，颁奖词：真相因良知而显露，黑幕因勇气而洞开。他打破媒体"某"规则，直接说出了"三鹿"两个字，引发了中国奶制品行业地震，间接挽救了无数婴幼儿的生命健康。在蚍蜉撼大树的背后，他和他所供职的《东方早报》的诚实和勇气，还原了传媒的公共价值和监督角色。他只是一个记者，但他代言了 2008 中国传媒的良心。

诗赠炜莉：商业向善　橄榄时光

2019 年 11 月 22 日

题记：午睡醒来，读了长江 EMBA 30-4 班龚炜莉同学请我修改其给长江企业家的一封信，述及 1970 年代，处于北纬 33 度的甘肃陇南武都种出了与地中海相同品质的油橄榄树，然而因陇南武都地处偏僻，交通不便利及无销售渠道和品牌宣传，60 万亩油橄榄树却未能帮助 10 万辛苦劳作的当地农民脱贫。炜莉、楼旭峰等班上共 14 位同学 2018 年首期投资 3000 万联合创办油橄榄系列产品品牌"橄榄时光"。我 8 月重走偶像杜甫之路时在天水、成县、武都等亦参观过其企业，商业向善，事迹感人，赋诗为赠：

橄榄粹清新，时光浸古今。
但滋人皎皎，观国最彬彬。

诗赠力争：为士不可不弘毅

2019 年 11 月 28 日

题记：晨起打开手机，收到长江 EMBA 31-3 班娄力争同学微信，言前事已结，昨日正式出山参加全国大会并演讲对话，心中喜悦，赋诗相赠。因力争微信名为弘毅，我以《论语·泰伯》"士不可以不弘毅，任重而道远"为题，将力争谙服的阳明心学三大核心心即理、知行合一与致良知内嵌诗中。

三立德言功，知行一力争。
外求非可必，心正自阳明。

另：早餐时又想起阳明先生在龙场教习时，以四事规诸学员，一曰立志，二曰勤学，三曰改过，四曰责善。不意间，诗意与阳明先生谙合，善莫大哉。

诗赠姜磊：人生岂芥草

2021 年 1 月 16 日

　　题记：姜磊是长江 EMBA 33-4 班学员，课堂上答对了关于诸葛亮"出祁山"与魏延"出子午谷"战略选择之优劣，以及即便定下"出祁山"之略如何找出致胜之道。课上我说，此前第一个提出来的是毛泽东，姜磊是第二个，轰动了全班，我请姜磊上讲台合影留念，并赠诗留念：

> 明月当空曌，鸟嘶踏木枭。
> 人生岂芥草，一振向天飙。

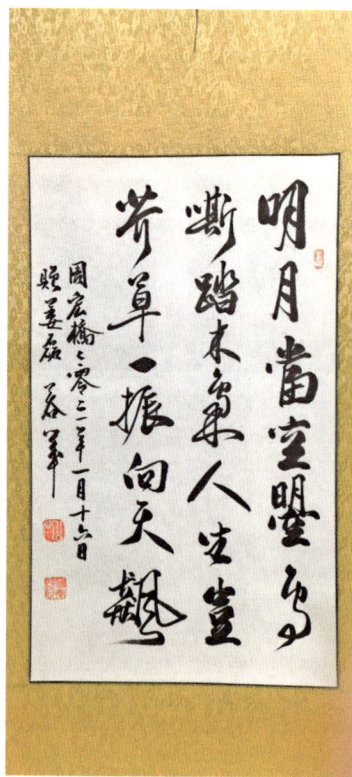

七律·诗赠志敏：天佑自强者

2021 年 4 月 6 日于沪飞京航班上

题记：下午抵京将赴长江 EMBA 35-1 班海唐新媒集团段志敏同学企业调研，机上重读志敏作业之人生三事——高考三次、意外耳聋、孤渡琼州海峡以及创业前坚守新闻理想、推动社会进步之初心，依然感慨万千，却也唏嘘不已。此前 2 月 9 日大年二十八给志敏作业评为全班最佳并评曰"其实你之生命底色一言以蔽之，自强者自救，不息者高天"，诗赠段君以勉。

本系名门头棒杀，轰然触底始天伐。
三年屡试忍吞泪，一叶孤舟横渡峡。
未哑驱俗鲁笔秉，虽聋逆势赵旗拔。
大鹰唱晚重生志，翅敛何枝绕几匝？

七律·诗酬谢伟: 半面创新地球日聚会

2021 年 4 月 22 日

题记: 今晚长江 EMBA 35-2 班学员、中兴通讯副总裁谢伟组局"半面创新地球日聚会",微信感慨"家乡容不下肉体,城市留不住灵魂,漂泊半生才知道,那一间乡间小院,才是地球日的归宿,回忆有毒,没有解药,静候各位大佬,小酒清茶,伴周郎一醉"。我化此句意,在微信群中即兴赋诗,为当晚酒会添色。

岁月流伤催顶谢,顶留梦想几划痕?
故乡难锁青春志,都市焉留壮暮魂。
半壁江山趋炙势,满朝文武拱金门。
飘飘今世何归宿?诗酒茶心伴诸君。

五律·诗赠江平：二次辉煌犹可期

2021 年 7 月 11 日晚于首都机场

题记：长江 36-1 班江平同学的创新课程作业我给了 A+，其生辰晚宴正值我今日在京给文创班授课，遂课后赴宴。江平是清华本科毕业生、加州大学伯克利研究生，毕业后在甲骨文公司工作，后回国创业。晚宴一半时，我急急赶往机场，忆其席间谈及个人经历抱负及中华民族百年期许，于候机时欣然赋诗一赠：

豪雄超世立，心许乾纲担。
败抹一清泪，胜拈一笑掸。
但求独往醉，不跪嗟来餐。
万里逐沧浪，青苍自苦甘。

诗赠刘帅：不老人生少年行

2022 年 7 月 12 日于上海飞惠州航班上

　　题记：经营房地产的长江 35-2 班刘帅同学意欲转型，在上海"封城"期间多次与我电话沟通可能的方向，他昨天飞沪，我安排了与其转型相关的同学聊天，同学及其在沪友人等设宴。今天是解封后第一次出行，飞惠州拜谒东坡朝云故居，忆及昨晚，欣然赋诗一赠刘帅，预祝转型成功：

少年壮志，登高泰岳，天清地阔，穿林打叶，
奉诚行健，一胆二略，安知非仆，轰轰烈烈。

江湖旦暮，撞撞跌跌，星稀烛烁，明明灭灭，
但怀曾梦，啼晓驱夜，大鹏俯仰，优游惬惬。

师友风义，相勉互诫，丈量格局，快意诗阕，
乐忧忘食，外和内悦，人生未老，大幕不谢。

五律·诗酬春宝：斯君如玉触之温

2022 年 9 月 11 日

　　题记：长江 34-4 班周君春宝在 3 月底 4 月初上海刚刚"封城"、到处买不到货期间，给我闪送了鸡鱼肉蛋、米面粮菜、咖啡美酒等大批生活物质，其中鸡蛋就有五六百个，甚至送来了我家里未备的电饭锅、食盐等。今天，我吃完了最后一个鸡蛋，满满感恩心，惟化诗为酬：

> 鸡鱼肉蛋酒，闪送囚城奔，
>
> 感子金兰义，怀君润玉温，
>
> 惟知天地大，方悯民胞深，
>
> 唇齿悠悠意，化诗酬善恩。

附：在上海"封城"的两个多月期间，外地各校的学生们见缝插针，利用间或允许快递的时间窗口不停地给我寄东西：静丽慧的五大箱东北玉米和煎饼；张鹏的鸡鱼肉蛋菜奶大礼包和大罐咖啡；叶晓波和李晓潇的宁波海鲜大礼包；韩婷的自嗨锅；王莹莹的玉米；龚炜莉的橄榄油；徐涛的几大箱子恰恰干果；钱东明的广东香肠；陈懿敏的海鲜大礼包；张禄祥的牛排牛肉；周倚天的各种水果；张巧灵的香肠及各种广式食品；胡湛波的广西螺蛳粉；刘帅的大连海参等……此恩永铭于心！

师生缘聚

　　与各大高校商学院学员或课堂合影，或课后觞咏，或新年晚会，或古迹参访……本章前半部辅以照片，顺序依次为：复旦、交大、同济、华理、中欧、东大、厦大、清华、长江、人大、UBI、北大国发院、北大光华等。

复旦大学EMBA2020级选修班《周宏桥教授：创新-思维与方法》课程合影 2021.12.10

课程：技术驱动的创新管理
教授：周宏桥
2021.4.10—2021.4.11

东南大学 EMBA2013 级 "创新管理"，周宏桥老师
2014.9.18

清华经管学院领军CEO（二期）三亚移动课堂

长江商学院EMBA36期1班同学
与周宏桥教授合影

长江 38 期新经济班与周宏桥教授合影

一〇一九中国人民大学EMBA1603新年晚宴留念

西江月·三生一梦狂澜
——新华都商学院半面兵团年会

2017 年 11 月 9 日

题记：2017 年 11 月 6—8 日，新华都商学院 EMBA 半面兵团成员聚首于广东清远英德黄花镇 T 三茶场进行年度业务复盘年会，赋诗为记。

清远品淳盘点，
三杯一笑流年，
五十天命古人言，
岁百基因曰"转"！

雄鬼、人杰、仙翰，
三生一梦狂澜，
钟形曲线道无边，
撸袖交觥曰"干"。

物与民胞归
——诗酬 UBI-DBA 同学

2020 年 10 月 7 日

题记：在 9 月 19—20 日给比利时联合商学院 UBI 的 DBA 博士生班授课之后，其中的 15 班 18 位学员要求再授新课一天，两位班长郑海发和李建胜安排在长假最后一天的 10 月 7 日，下午课中孟红兰同学代表班级赋诗相赠，晚宴现场，我即兴赋诗酬答。

十八古罗汉，学霸一五威。
联商比利时，问道ＤＢＡ。
鸿儒仁义立，泰西逻辑推。
但求国运续，物与民胞归。

聚散有遗篇
——诗酬北大国家发展研究院 BIMBA 同学

2020 年 10 月 19 日于北京接风酒宴后

题记：2020 年大疫，6 月 13—14 日在西雅图不得不与北大国家发展研究院 BIMBA-E19 级上网课，课后相约回国再聚。国庆期间，赵卓同学联系后订下 19 日我抵京之时接风酒宴，班主任刘文博及十几位在京同学聚首，酒后一挥而就：

一朝国发院，朗润成超然。
创新搏大梦，经世济苍天。
问道逍遥路，赋诗自在篇。
此身此国许，缘续五千年。

吾侪自由无用魂
——与复旦同学聚

2021 年 2 月 6 日晨起而赋

题记：晨起头仍晕，提笔赋诗心。2 月 5 日晚 6 点—6 日凌晨 1 点，与复旦 EMBA 2019 级作业优秀学员，并往届的优秀学员酒聚，聊企业、聊行业、聊古今中外、聊宇宙人生，此间不亦乐乎？

> 鸟吟驱夜尽，雨细送春馨，
> 昨夜小酌聚，叙旧以迎新：
> 马动车、机动车、电动车，三世三生仍至今，
> 张首富、王首富、许首富，春风老树尚能茵……
>
> 相伯立复旦，乾乾自强君，
> 登辉远望道，拳拳载物心：
> 小藻小菌齐造氧，寒武爆发若星辰，
> 鼗乎鼓之轩乎舞，千秋朗朗觅清旻！
>
> 企业即行业，行业即国民，
> 滴水映千粲，乾坤照诸君，
> 卿云烂兮糺缦缦，旦复旦兮日月魂，
> 菁华已竭褰裳去，心系天下非一人。
>
> 拍案起国运，率笔赋雄文，
> 独善与兼济，创新领群伦，
> 起承转合成与败，万物终始本于心：
> 但祈灵魂有置处，吾侪自由无用性情人！

五律·商业向善向自由·寄长江同学君

2021 年 5 月 20 日晨起而赋

题记：5 月 19 日飞抵深圳，长江 EMBA 35-1 班潘国华同学组织 34+35 期在深近二十位同学在腾讯大厦小聚，饭前聊创新课程给大家印象最深的一胆二识，酒局中各自介绍平生功业，回程时，34 期刘旭总结：长江同学取势与优术尚可，明道仍需努力，晨起赋诗寄同学诸君：

旦成企业家，身许自由门。
范蠡舟漂醉，巴清台筑春。
谋深先胆大，言利亦怀仁。
势术皆为目，乾纲明道魂。

行香子·述怀

——与长江 38-4 班同学小聚

2021 年 12 月 13 日酒醒晨起

题记：昨天双 12 复旦 EMBA 四天课后，复旦本科、现长江 EMBA 38-4 班王祖耀同学做东，与同班十几位同学小酌于黄浦江畔，诗酒人生，特别是与李晓潇同学一起连章背诵偶像杜甫之《秋兴八首》，快意几近 f_3，晨起酒醒，欣然一赋：

明月星光，灯火流霜，举杯干，千盏何妨？上身理想，下半横扛，梦远临江，不成就，莫回乡。

诞生失控，无常即常，几起伏，笑假魂僵？心存童话，门闭寻窗，命运何凭？天真醉，少年郎！

采桑子·贺新年
——与上海交大安泰经管 EMBA 同学

2022 年 1 月 19 日酒醒于凌晨 4 点

题记：1 月 18 日晚，与上海交大安泰经管 EMBA-2019 级 2 班诸同学在班长童林处欢庆新年，席间其乐翻天，不觉几近 f_3，醺醺呼其醉，凌晨 4 点酒醒后挥就：

一觞一咏新年勉，当尽其然，当顺其然，世事如醇欢亦烦，
时光不顾韶华换，来是偶然，去是必然，一醉人间何处安？

大义春秋淬，光华天地兴
——与北大光华同学一聚

2022 年 8 月 30 日于离京航班上

题记：我给北大光华 EMBA 上的是选修课，上一次线下课是去年感恩节期间，今年 6 月 25—26 日上课，光华等到课前一周终于确定我还不能离沪出差，于是紧急宣布改上网课，没想到上出了自己网课的最高分 4.92；7 月底批改完作业，按承诺与 A+/A 级学员在我赴京时安排一聚，昨日成行，听同学诸君讲述自己事业经历及疫情之下守业惟艰、创业惟艰，亦感唏嘘，一赋于夜宴当晚离京的航班上：

> 网课瘾难过，相约叙聚京。
> 曰新创一梦，曰阵布雄兵。
> 大义春秋淬，光华天地兴。
> 穿云不见日，夜幕笼苍青。

诗酒人生

行酒令——诗酒最人生

2020 年 10 月 6 日

孔老百觚起，李杜千钟痴，
古来大圣贤，皆在饮中滋！
诗为天上酒，酒乃人间诗，
但饮不及乱，即醉亦莫辞，
借问人生何处是？把酒吟诗正此时！

已是人间四月天·居庸登怀

2021 年 4 月 14 日晨起

题记：昨晚"诗酒月聚"之"已是人间四月天"于正院上海公馆·居庸叠翠厅举行，邀请了我在人大、复旦、交大、长江 EMBA 和 UBI-DBA 学员近二十人欢聚一堂，忆及此前带人大 EMBA 同学登临居庸，极目远眺，晨起诗以记之并与同学诸君共勉：

居庸登叠翠，极目尽苍乾。
日月同朝列，风烟异代间。
莽原掀巨浪，大漠入高天。
百二秦关楚，破沉竞一巅。

附：长江EMBA 30-2班王志文同学：教授应景赋的诗大气磅礴、指点风华日月、天地人间、统揽古今，眼目所极看尽历史、世界、社会、人生的变迁，饱含对我们同学们破局而升走向巅峰的鼓励与期待，收藏起来。诗书酒情聚会，教授用心良苦、细心安排、尽心为师，真是横贯古今的大家风范！非常感恩非常荣幸。

北大光华EMBA-107班张宁同学：细品周老师的诗，大气磅礴，读完令人精神振奋，眼前仿佛出现了一幅绝美的山水画，诗中也表达了对各位来宾的赞赏和期许，显示出周老师宽广的心胸、高远的格局和对同学们的深沉的爱与满满的鼓励。先生不仅博学，而且心怀大爱，对同学们深情厚谊、无私付出，深感敬佩，您是我在光华最敬仰和爱戴的老师，没有之一。

人大EMBA-1603班陈卫家同学据诗作画：当代艺术家，书画家；全国工美展铜奖获得者。上海工美协会副会长；《最初上海》作者、主编。上海复大公益基金会常务副会长。

五月诗酒月聚·海阔天空五月花

2021 年 5 月 10 日上午

题记：本次"诗酒月聚"由长江 EMBA 34-4 班周春宝同学在其上海禅之泉会馆操办，晨起读到同学诸君文采飞扬之微信，诗性勃发，赋诗以记。

时代一粒灰，落地群山莽，
长剑挥作友，与影斗三场。
时代一滴水，落海掀沧浪，
凡躯化方舟，渡己渡众渡魑魅魍魉。
时代一打盹，千载几苍黄，
情怀无一异，风月古今东西长……

哈哈哈：
最喜一呼振臂，最喜一招锁喉，
最喜杀伐决断，最喜诗酒悠悠，
上马驱胡下马赋，周郎原本是豪强，

三分潇洒是寂寞，七分烈酒伴悲凉，

仰望倒影在星瀚，一生大醉能几场。

哈哈哈：

最喜飞蛾扑火，最喜自笑自哭，

最喜没上没下，最喜不通世故，

人若无疵无真气，人若无癖无深情，

圣人世外不涉情，俗人涉世不顾情，

情之所钟在吾辈，放下源于情意浓。

噫吁嚱：

那年计算引论，红字飘飘长潜，

"因"上未曾努力，"果"上亦难随缘，

一枚状元情何堪，通宵教室从此憋尿苦登攀，

心藏秘密始成熟，能否回到从前做个孩子随遇又随安？

君可知：

莽莽撞撞五千年，不如人意人之常，

上帝赐窗门必锁，上帝关门必启窗，

地球自转正加速，人间何处不沧桑，

智商一剑穿心过，人生在世标准答案在何方？

哈哈哈：

大鹰高翔雅典娜，滚石普罗米修斯，

百年钱庄禅空间，仿佛隐喻钱这东西终将失，

最喜人生偶然性，最喜人生蒙太奇，

山顶洞天蒙召唤，灵魂风景化为诗。

恰同学诸君：

不愿留痕在沙滩，顷刻海浪卷入洋，

不愿余晖附夕下，徒恋大地无限长，

不愿活成一凡庸，惟留尘土后世扬，

昨夜江山万里路，今朝魂萦自由乡。

君不见：
毕竟独木不成林，却问独木何必要成林？
当行本色真自我，最佳活法自性真，
来这世界就一次，我即天命独一人，
君若得时自由驾，君不得时蓬累奔。

君不见：
自由就是不安定，永葆青春在折腾，
但求惟精惟一志，天之历数在尔躬，
惟一须是惟精主，惟精确乎惟一功，
惟与自性终和解，埋首种因果自成。

九月仲秋白露霜·五律　听同学诸君人生经历抒

2021 年 9 月 18 日晨起而赋

题记：9 月开学第一次课昨天结束，晨起方有空浏览 15 日晚长江 36-2 班杨光同学在其酒博物馆主持的本次诗酒月聚的微信群内容，看到 36-7 班王威同学"哈哈，光哥要仿效古人，酒至半酣击缶而歌"一时诗兴勃发，一挥而就，献飨同学诸君：

击缶起铿锵，拎壶赋慨慷。
天涯独仗剑，盖世自谋章。
醉眼撩诗兴，骚音晃酒光。
秋风怀落叶，明月照西乡。

无诗酒，不人生
——兼酬汪标同学赞助 11 月份诗酒月聚

2021 年 11 月 16 日

题记：11 月 8 日下午，我在访古广西柳侯祠赴南宁途中接到长江 35-2 班汪标同学电话，曰 11 月份的诗酒月聚由我来组局，他来赞助。此次皆为长江同学，席间其乐翻天，我也亢奋现场即兴赋诗，34-2 班周典静同学录音整理，翌日酒醒补充。一年之后得空完善。

孔孟老庄朱，屈陶李杜苏，
非诗难言志，无酒不丈夫，
未逢孔老会，未从李杜途，
彼等千秋后，吾侪聚此庐！

巾帼应满杯，壮士须拎壶，
但尽一兴尽，但浮一白浮，
微醺呆脑晃，半醉青衫除，
那个谁说怎么着？吾自豪雄非腐儒！

哈哈哈！
西风烈，东风怒，
黔驴蹶，楚猴沐，
三公庸，九卿碌，
我来！我喝！！我吐！！！

————————复线：大家站起举杯

敬诸位：

沧海一声啸，问君何庙号！太祖皆枭雄，女皇惟武曌，
古沛《大风歌》，赤壁叹奉孝，国惑思国士，国乱思正校。

————————复线：一个个同学敬过去

来来来伟哥：

沧海一声啸，问君何庙号！中兴谢伟哥，雄起叹三宝！

上马驱狂胡，兵来皮肉挡，下马赋诗书，皮笑肉亦笑！

（下略）

来来来海冰：

沧海一声啸，问君何庙号！济男郭海冰，济女李清照……

来来来宝哥：

沧海一声啸，问君何庙号！金陵曹宝华，送蟹阳澄溪……

来来孟二哥：

沧海一声啸，问君何庙号！琅琊孰令贵？颜雄王飘轿……

来来张浩哥：

沧海一声啸，问君何庙号！剑挑癌细胞，古彭看张浩……

————————回到主线：

我原江海客，风流一世雄，

诗豪任风骨，酒豪凭胆冲，

酒醉人间小，诗成烟火轻，

无诗一俗世，无酒不人生。

来来来：

且诗且下酒，且酒且诗涂，

拼酒鸿门宴，笑醉滑铁卢，

诗酒今朝乐，功名暂不图，

来日重开酒，愿为诗酒奴，

端王轻佻难为君，朕自称孤不读孤！

前世纵横八万里，今夜饮尽三千湖！

生当大江大河虽万千阻横扫六合一意孤！

今宵云喝酒二十七韵

2022 年 4 月 27 日早起一赋

题记：4 月 26 日，与长江 35 期诸学员群聊，约定晚上 18：30 云喝酒，一解上海疫情之寂寞沙洲冷，来来去去、上上下下十几位同学，一个多月的封闭终于也喝到了 $f_{1.5}$，怎一个"爽"字了得，早起一赋：

生旦净末丑，今宵云喝酒。
沪疫成催化，驻窝云里斗。
相约六点半，微信群中吼。
此城之外皆乡下，云喝岂无仪式否？

下楼先跑圈，日炼日当守。
回家急打扫，视频怕露丑。
淋漓洗大澡，蓬头面不垢。
书桌腾好做餐桌，细思下厨几步骤。

鸡蛋敲黄散，一闻尚未臭。
鸡汤尝咋酸？才放两天久。
菜从汤夹出，微波一转有。
肉嗅似能食，去之心愧疚。
整碟老干妈，权当一菜凑。
一瓶酱香已开启，四菜一汤直抖擞。

志敏自京入，自由精气透。
雷哥内蒙接，草天肤色黝。
曲烨太原烟，缭绕一脸肉。
姐夫刘帅哥，姐多人不瘦。
静姐三亚鹿，陈亿津门柳。
今宵四美女，英气长发透。

韩萍国际村，漫兴逍遥购。
晓杨夜炒蛋，怎炒一整宿？
标哥标嫂皆憔悴，伟哥此胖似桀纣。

青天犹白昼，灵魂岂拘囿，
闻所闻而来，见所见即走，
对屏干此杯，和诗出户牖，
酒罢拍案快解封，明朝 f_3 再回首！

诗意栖居

看电影《肖申克的救赎》

2016 年 12 月《半面》V4

题记：IMDB 全球及豆瓣电影中国观众均评《肖申克的救赎》为史上最伟大的电影，我解读其是描述人类个体被体制化的心路历程："First you hate them, then you get used to them. Enough time passed, you depend on them. That's institutionalized." 取其意赋诗《入彀》，此诗作为《半面创新》首章：

你……
恨憎初入之，
再后习于斯，
夕斯过尽又朝斯，
在兹俱念兹，
痛兮涕兮长太息：
"吾圄入彀矣……"

七律 · 外送阿哥

2018 年 5 月 24 日

题记：我骑着共享单车刚到十字路口，与红灯倒计时将绿未绿就突然启动的外送阿哥对撞，双双倒地，他的手机被甩到路中，我的小腿也撞出了血印。我先爬起，心想是我的错，因为我是逆行，于是赶紧帮他把手机从路中间捡回来交给他，并想挽他起来，只见他惊慌失措，立刻双手护头团胸做自我保护状，显然以为要挨揍了，看来剐蹭挨揍应是常态，令人唏嘘，回家敷药坐定，赋诗为记。

导航通话驾轻摩，外送阿哥派件多。
穿雨穿风穿陌巷，抢单抢配抢时梭。
晚耽乞"给良评"可？剐蹭哀"抬贵手"何？
十字街灯红欲绿，闪奔碰撞仰翻车。

早春在西雅图华盛顿大学给长江文创班授课感赋

2019 年 3 月 17 日夜 /18 日晨

其一　绝句　芸芸复归

松尾逐阳浅影踱，脖长凫短绿淘波。
苞青远雪春何在？国父肩头数鹭鸽。

其二　七律　两都赋

山雪樱苞蔓没芜，北京春遇西雅图。
星巴翩梦星咖客，月塔觉迷月背奴。
独立兮归华盛顿，共和曾允古皇都。
尾生魂断蓝桥诺，哪有自由哪结庐。

三春晖煦西雅图

2020 年 5 月 17—18 日

题记：今年出现新冠疫情，航班大都停航，三次购买的机票均被取消，故往年3月下旬回中国的惯例打破，得在西雅图过完三春，每日研学、跑步、赋诗为乐，诗以记之。

其一　春惊
竖耳耸肩念念嚼，春光草兔眼斜瞥。
脱牵毛狗忽前吠，惊乍白臀蹬窜撅。

其二　春声
窗外寻春几许声？风搔万籁痒仍哼。
一蝇闯室嗡嗡撑：莫赶春声俱苦耕。

其三　春乐
树鸦栖噪报枝春，松鼠嬉欢嫩草深。
鸦入草拈花独乐？鼠枝偷果善能分？

大水漫周宅

2021 年 10 月 5 日

题记：晨起发现家中水管破裂发大水，打理完后一赋：

一觉晨将晓，起欲赋清照，下床足触地，凉乍入踝脚，
室外急拍吼，屋管水流爆，赤足开灯照，电停闸已跳。

拖鞋两不见，悠悠对窈窕：终日在足下，终得自由漂。
昨摊设计书，静卧水中恼：汝虽偏爱诗，吾何架下泡。

开门四汉进，嚣推往厕导，水司亦派人，断闸换新铆，
大水漫周宅，晨光映淼淼，明日庆生日，今天往秽扫。

大年三十逛农贸市场（两首）

2022 年 2 月 1 日晚

题记:回家陪母亲过年，1 月 31 日大年三十上午逛了农贸市场，随手取景一瞬:

其一　"还能便宜吗?"

"够便宜的了。"

"那你说多少?"

"回来给你啦!"

"都是为钱恼……"

其二　摊档全景

琳琅蔬叶气，缭绕喧嚣中，

大蒜着霜白，番茄入酒红，

尖椒歪一嘴，卷菜意难平，

守档古铜脸，万家烟火情。

炒鸡蛋

2022 年 3 月 24 日晨起炒鸡蛋后即兴起赋

题记：3 月 23 日晚，居委会通知明天开始小区封闭 48 小时，此时已经晚上 9 点多了，我赶紧连夜去附近的世纪联华大卖场囤货，卖场人山人海，终于买到了。24 日清晨开始了多年后的第一次炒菜，就从最简单的炒鸡蛋开始……

疫紧欲封区，超市夜囤货。
晨起炒鸡蛋，下厨第一课。
经年锅未洗，霉斑隐隐刻。
绿毛生炒铲，抹擦复烫热。
油瓶尚剩半，保质期早过。
管它三七几，倾锅即点火。
开关嘀嗒迫，气喷火静默。
急寻打火机，豁哧刹那烁。
蛋壳一敲破，蛋汁一搅和。
边搅边观油，并发待油热。
油烟一蹿起，蛋汁一浇落。
嗞嗞声若思，砰砰花绽硕。
清香满屋落，酱浇染墨褐。
锅铲翻为舞，烟机抽作乐。
酱香锅出热，肌黄鲛绡彻。
端坐诗书台，周郎赏大作。
曦阳半入轩，鸟语遥相和。
平仄两三句，疫消酒聚贺！

五律·楼外核酸其乐何

2022 年 4 月 15 日晨起

题记：十多天足不出户后终于到楼外做核酸，此前因楼内有阳性确诊而楼门前后皆锁，平时都是医生挨家挨户上门做，昨天下午暂得五分钟自由，做完核酸后又趁机在小区里蹭了个跑步，遥念孔颜乐处、孟子三乐，吾道人间若无自由，何乐之有，赋诗一叹：

核酸楼外测，蹭跑更融融，
一闭成封户，三周始放风，
脚摩泥草软，面嗅春寒轻，
若失自由乐，人间何乐拥？

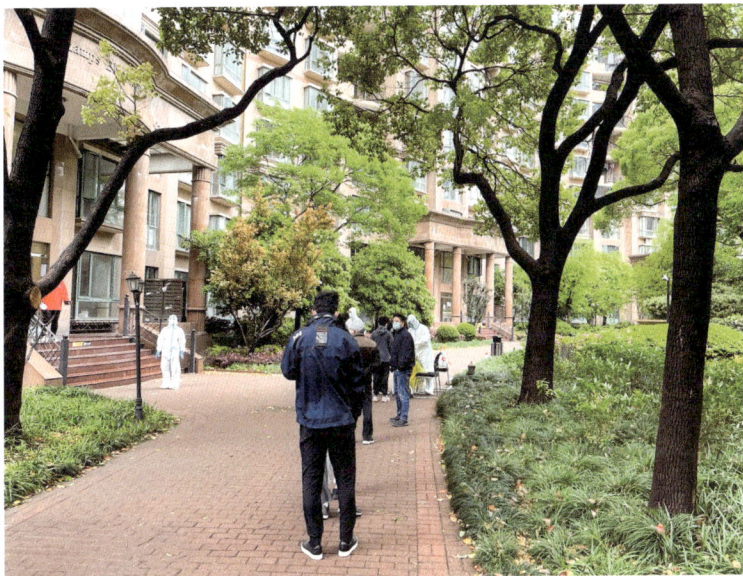

鸡蛋换咖啡

2022 年 4 月 17 日

题记：在京东 3 月底订购的盒装牛奶，4 月 14 日终于到了，立马做奶咖，不料一看咖啡瓶底，仅剩下一勺的量，想着疫情期间的快递配送速度，不由思考古老的以物易物，于是在楼群里提出"鸡蛋换咖啡"，今日起床后得闲一赋：

疫期祈快递，三周订后抵。
奶尽日苦咖，今奶到家里。
欣然做奶咖，咖粉剩无几。
即刻下单订，两周方始寄。

环顾诸家当，忽思以物易。
盘点蛋惟多，楼帖发群去。
鸡蛋换咖啡，邻居或可许。
吾本咖啡控，创作须伊倚。

回有挂耳式，吾曰淡无迹。
回有三合一，吾曰甜如腻。
回有猫屎咖，过期五载矣。
回有悠诗牌，已用三分一。

死马当活医，重返史前纪。
悠诗大半罐，两盒蛋当币。
物尽惟其用，彼需吾更喜。
创作夜续杯，咖香绕奶气。

老妈批败家，曰苦未经惧。
家人揶奢侈，曰命吾终续。
朋友疑当忍，曰蛋重灾季。

学员笑身爆，曰简文量巨。

每天观疫数，仍超两万例。
隔日一核酸，盼快解封闭。
生活亦有美，何若创新意。
打蛋入咖啡，苦涩寻甜蜜。

以物易物：各位邻居好，我有几盒日本蘭皇生鲜鸡蛋，4月2日生产的，10枚装（规格如其网站：http://www.dahegg.com/pd.jsp?id=5# pp=0_303_1_-1），想换点黑咖啡（就是苦咖啡，我大概还有一天的量就喝完了），不知可否，拍图如下：

咏物状景

"观止文明"河南行三首

2021 年 6 月 8—13 日

其一 五律·晨起漫步
6 月 11 日晨起漫步于汝阳温泉酒店，中午酒后醉赋于大巴上

曦阳屋外挂，荷盏绿波间，
枝嫩青蜘眷，虫惊早鸟翩，
推门蛙弄叶，漫步蜂鸣轩，
一墨山烟远，亭亭花独妍。

煎饼果子

2021 年 9 月 24 日中午

题记：25 日给清华经管学院青年商业领袖计划授课，24 日抵京住在清华文津酒店，中午有会急急在五道口华清嘉园买煎饼果子，边看制作边吟出前两句诗，走到会场，却已凉却：

荷蛋春心悠，
怀葱粉面羞，
离离难下咽，
凉却入秋愁。

悼大闸蟹兄：一群被束缚了自由之灵魂

2021 年 10 月

题记：赴出生地南京给 10 月 16 日长江江苏校友会"悦读会"作《半面创新》的读书分享，演讲嘉宾邀请了 33-1 班徐健、36-1 班韩婷，我在我任教大学 EMBA 在宁学生中各邀了一位来谈谈读书体验，分别是东大 2012 班黄福祥、南大 2015 班钱伟、光华 89 班倪兆云、复旦 2019 班王超和长江 34-3 班秦钧钧。

当晚晚宴，36-1班曹宝华班长带了自己饲养的大闸蟹，左边同班韩婷同学连吃四只，一语狂赞"太好吃了！"，喝不惯洋河早早酒醉晕乎的我，据说在统计意义上也吃了三只。虽肉腴膏厚，但其五花大绑被烹就义之惨状，令人不胜悲悯一群被束缚了自由之灵魂，故赋诗一悼蟹兄：

赤背蜷金爪，秋风闸蟹烹，
肉腴晶雪腻，膏厚郁香澄，
朗月江湖梦，荒阡烟雨蒙，
犹怜十字缚，曾忆一行横。

立冬时分访柳侯祠二首·其一·咏柳柳侯祠

2021 年 11 月 10 日晨起

柳州柳刺史，
种柳柳江边，
枝濯千秋浪，
结冠天地间。

洗发露与护发素之歌

2021 年 11 月 27 日晚洗澡后

明月隐纤兔，疏云伴夜幕，
烧脑读李杜，挲首洗发露，
泡起雪冲舞，一浴春风沐，
抹洗护发素，柔滴香如馥。

洗露与护素，分拆各添堵，
对摆两相怒，自高不让步：
露曰阳离入！素说阴离负！
阴阳本交互，相反成相固。

慈不掌兵斧，义不理财富，
露素同一母，合久须分户，
商机宜识捕，商战全力赴，
普天皆王土，亦求致富路。

五律 · 济南李清照故居清泉

2021 年 11 月 30 日晚

题记：9 月 26 日在济南章丘参观了细柳垂波、清泉环绕的李清照故居，11 月 30 日一天都在读《苏东坡传》，在晚上读到王朝云惠州仙逝葬于丰湖边，以及东坡的悼念诗词时，一时诗性顿发：

涟漪风嗅起，张翕温苞弥，
鱼吮花娑颤，春开声入徐，
波缠细柳嫩，柳弄柔波昵，
海雨天光后，人间诗卉遗。

野花亦叹曰

2022 年 4 月 29 日

题记：今天上午下楼再做核酸，做完后先蹭个锻炼，然后摘了两株小野花回家，放于盆内，置书桌上，花与人相对，仿听花亦怨：

野花摘屋香，花野撑周郎：
自在皆成禁，君鹰勿变羊！

咏蚊子
——寄悼一个被拍死的生命

2022年7月15日于深圳午休起床一赋

入心唇齿血，
入骨痒疴深，
人世偶相遇，
孽缘掌下魂。

附：7月16—17日在深圳给长江EMBA 37-5班授课，课后得知学委张伟同学擅画，于是12月2日在深圳与班级几个同学晚餐时请张伟为这首上课前的蚊子诗配画：

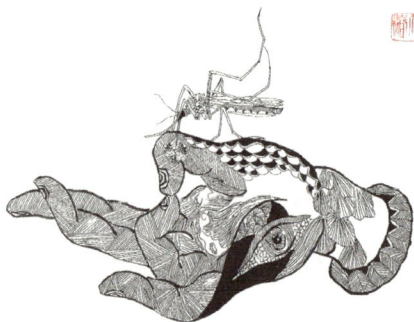

五律·花语·向日葵之恋

2022 年 10 月 9 日

星月清江寂，心憧苞在怀，
望曦冉冉绽，畅日洋洋开，
暮落瓣香默，寒凝珠蕊徊，
但守天光瞬，此生不枉来。

山水登临

雅典出海忽遇大风

2014 年 12 月 28 日

题记：与家人乘船从雅典出海赴地中海里的小岛游玩，海面忽遇大风，即兴一赋：

惊风乱浪荡孤舟，
颠晃浮沉舟似囚，
攀岛弃船极目眺，
海天尽处数飞鸥。

七律·游红旗渠感忧

2018 年 8 月 20 日

题记：1970 年年底，时任总理周恩来接见外宾时曾说，新中国有两大奇迹，一个是南京长江大桥，一个是河南林县的红旗渠。我小时候还看过新闻纪录片。四十多年后的 2018 年 8 月中旬，在红旗渠干部管理学院刘建勇副院长、王晓峰主任的安排陪同下，我与家人游红旗渠，我从创新创造视角参观了这条"人工天河"，被其创业之艰苦卓绝震撼心灵，赋诗既慨亦忧。

九曲悬龙破壁迤，亦真亦幻亦传奇。
天工开物太行涧，大匠立心红旗渠。
凿峭削突石溅日，宿冰咬誓月闻鸡。
河山重整玄黄血，皎皎星光水雾迷。

附：在渠馆读史料，林县十年九旱，近五百年发生大旱三十多次，五次人相食。进入新中国，1957 年开始"大跃进"，1959 年，当地大旱，境内河流全部干涸，县委从境外的漳河引水，这就是 1959 年年底动工的红旗渠，1969 年告竣，十年近十万大军筚路蓝缕，削平 1250 座山头，凿通 211 条隧洞，架设了 152 座渡槽，也牺牲了不少人……诗里反思这种人类与自然、意志与规律的关系，另外，如果工程放在今天来做呢？
又及：2021 年 6 月 9 日第二次来红旗渠。

烟雨游衡山

2021 年 3 月 9 日

题记:在长江 EMBA 31-3 班娄力争同学安排下,3 月 8 日深圳课后高铁赴长沙,8—9 日与 31-5 班宾铁涛、35-2 班贺桂姿、文创 +4 班易海及湖南诸贤达冯一粟、曹周生、蔡炎宏、彭庭玉等诸兄及北京张力律师、胡竞宁女士等于烟雨缥缈中游南岳衡山,此诗起因是因烟雨缥缈、诗意盎然,大家起哄要我现写,于是边走边写,即景即赋,下山诗成。

引子:
泰重何岩岩,夫子出鲁邦。
嵩高何峻极,棍僧救李唐。
恒山见性见别院,华山论剑论余锵。
……

不越前山险,怎见后山昂,
夕霏催万籁,朝霁泊峰光,
人醉山烟山醉雾,山思寥廓人思慷,
立地五方丹烈共,擎天一炬绿芙央。

论衡取舍道,千载几苍黄,
朝圣自心叩,礼佛定真香,
山看起伏人起落,山拔沧海人沧桑。
得意淡然失意坦,道南正脉入青苍。

七律·春登南京牛首山

2021 年 3 月 31 日

题记：3 月 30 日赴南京 SheIn（希音）、诚迈科技等企业调研，长江江苏校友会秘书长薛菲等作陪，中午在 32-4 班诚迈副总裁陈璟同学处午餐，下午登牛首山，晚上与长江南京同学小聚，晨起一赋：

天工开物本天阙？欲觅圆融拜释尊，
一卧莲花悲世事，三生混沌启清音，
无忧广场无忧树，许愿长廊许愿身，
无憾人生实最憾，年年新绿度新春。

"观止文明"河南行三首·五律其三·太行大峡谷行

2021年6月21日于京返沪航班上得空补及9日上午的太行大峡谷

莽莽峡风劲，峥嵘隐太行，
花溪缠曲径，桃谷缀青舫，
悬瀑含珠曳，步云携黛蹚，
盘天烟雨路，可达月娇嫦？

五律 · 初夏登香山

2021 年 7 月 8 日下午

题记: 昨日小暑, 距离周末文创班课尚有两天, 提前抵京住在了香山, 上午漫步香山, 傍晚得空一赋:

入伏初暑蜷, 漫步香山峦,
叠翠风催韵, 落蔬鼠啮欢,
拾阶自在梦, 眺远桃源烟,
回问峰之恋? 秋风红叶翩!

五律·莽原惊骤雨——内蒙古大草原行

2021 年 7 月 27 日晨起

题记:7月25日成都课后飞呼和浩特,在当地学员、长江35-2班雷勇的安排下,与同班诸同学君26日上午赴大草原,午后在歌声不断酒不断中离去,结果吐酒于呼和浩特高铁站,酒醒今日,晨起一赋:

狂莽草天黯,乱云骤雨掀,
狼吞牙作饰,枭戮首横悬,
纵马古今路,悲歌天地间,
关山可有径? 寻叱成吉汗!

五律·冬游北京八大处

2022 年 1 月 16 日晨起

题记:1 月 15 日冬日傍晚时分,得闲与友人游京郊八大处公园并新年许愿祈福,晨起一赋:

古刹山晖尽,沧桑化自然,
籁疏灵寺寂,月远浮生烟,
许愿生悲悯,祈福满爱怜,
人生一梦寄,天地寸心间。

致敬四大诗人

致敬西方文明之摇篮：古希腊神话／戏剧／荷马史诗
伊卡洛斯的翅膀——宁死也要自由飞

2016 年 1 月

题记：因篇幅关系，请参见拙著《半面创新：创新的可计算学说》"伊卡洛斯的翅膀" P95—96；以及"伊卡洛斯的坠落" P125—127。

附：2014 年 12 月在希腊雅典及 2016 年 1 月我专程飞赴希腊克里特岛参观米诺斯文明的遗址（希腊神话伊卡洛斯所在地）。

致敬但丁及《神曲》：
骡有所思——这个世界会好吗

2018 年 8 月 22 日

题记：在研究跨界创新时，联想到被先民跨物种马和驴而创新出的骡，虽兼具马和驴的优势，但其致命缺憾为染色体不同源而几乎不能生育，我代骡之怒而赋（其一）：

其一

孰佞逼驴马配骡？承驴犟梦马檀河！
立身行道思脱辔，尬蹶鞭锤斩卸磨。
"宁有种乎"泣不孝，"生当如是"撑贼德。
幽台魂化千金骨，转世为龙起大泽。

此前两去佛罗伦萨，2014 年 2 月和 2017 年 12 月，带孩子参观了但丁博物馆，以及但丁与贝德丽彩相遇而一见钟情的小教堂，回去读《神曲》，但丁用三个动物豹（象征肉欲）、狮子（象征骄傲）和狼（象征贪婪），故我将原来只是讲跨界创新时偶然想到的"驴＋马＝骡"延展为组诗，并以这组诗寄悼但丁。

其二

子非骡岂知骡志，一落人尘万载卑。
伏地独行上善梦，仰天长啸下骡威，
仍怜乞乞阿其那，更悯浑浑塞思黑。
五百年当王者兴，恓惶一代究何为？

其三

人场如今名利场，欺骡甚者自欺深。
开屏燕雀虚空炫，摆尾狗猫假媚嗔。
韩干画马不画骨，黄胄画驴不画神。
为君不器自阉器？何若斯骡天地奔！

其四

常念驴唇马嘴柔，恶来不独骡家仇。

于无声处道之目，当本色时踢以殴。

自古艰难惟一死，岂堪来世再为囚。

归儒归道终归己，谥武谥文谥自由。

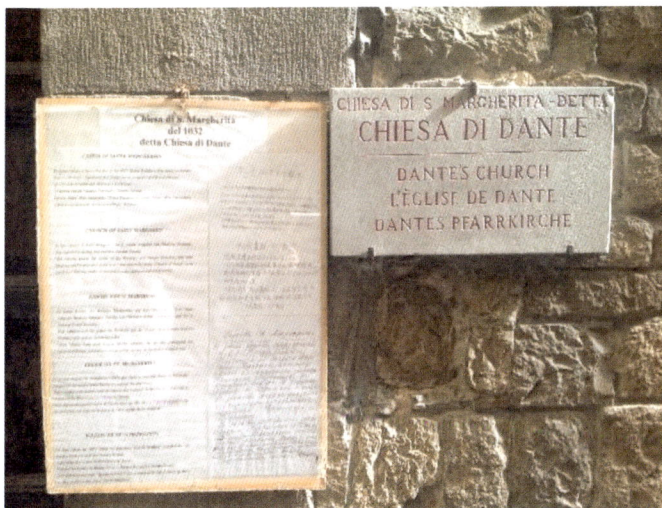

致敬莎士比亚：
上帝方死诗人生，古往今来几诗人

题记：2022 年 4 月 10 日—14 日重读莎著及汉唐史以酝酿 /14 日终于可以下楼测核酸＋蹭跑步，15 日读到《汉书》之武帝后妃李夫人传后心有怦然之感拟出首尾；16 日一气呵成

引子——出句——莎翁名句诗化：

爱情可乎征服一切？仁慈可是人间上帝？（出句——古罗马诗人维吉尔；对句——《威尼斯商人》）

人生充满喧嚣骚动，却何难觅一丝意义！（《麦克白》）

原欲与伦理，

情感与理智，

群体与个体，

To be not to be，

颠倒脱节此时代，倒霉的我却要担负重整乾坤之道义……（《哈姆雷特》）

引子——对句——中国五大诗人：

路漫漫兮上下求，（屈原）

采菊东篱南山悠，（陶潜）

高堂明镜悲白发，（李白）

芙蓉小苑入边愁……（杜甫）

谁怕！一蓑烟雨任平生！（苏轼）

（一）

北方有佳人，绝世而独立。

一顾倾人城，再顾倾人国。

宁不知倾城与倾国，佳人难再得……（《汉书》外戚传孝武李夫人兄李延年诗）

可忆春江花月夜，诗人西辞黄鹤楼，

衣袂翩翩绝世立，白云千载恋平畴，
一首雄诗定天下，一声太息起风流，
莫愁后世无知己，曲水流觞释别愁……

(二)
人生初始样，朗月海天清，
心若满佳景，人间一往情，
青葱阡陌草，烟雨江湖灯，
少小童真嫣梦起，上天入地写人生。

人生一盛宴，皆欲盛装行，
喧嚣名利场，骚动弄魂灵，
红尘染世故，人海裹浮生，
梦想苦难皆为路，吾心如诗满归程。

(三)
群体何狂欢，个体何痛苦，
理智日神寂，酒神放旷舞，
生命独冲动，江山任对赌，
礼法岂为吾辈设，诗家狂狷通今古。

吾本一诗人，心雄自我中，
门扉一扣紧，尘霾一隔空，
挥翰诗书卷，成文云水轻，
但创自由新世界，孤高淡处起丰盈。

一缕阳光落，一方阴影投，
播情自在种，疯长无边愁，
沉吟对苦乐，诗酒品春秋，
世相迷离七分醉，三分清醒自嘲留。

（四）
三才天地人，三光日月星，
诗人才光统，上帝死后生，
天降屈陶李杜苏，天降荷但莎歌翁，
天工开物至斯开，缪斯感孕雷霆风。

岁月浸诗香，沧桑积诗薮，
漫为诗墓游，诗兴竟不朽，
前辈诗人永垂史，后生当续诗脉久，
在世诗人何焦虑，可与先诗对酌酒？

诞生虽个体，入彀终芸芸，
何存大悲悯，何存赤子心？
赤子悲悯创世界，诗乃重新发明人，
真纯善良成伟大，诗为人类洗蒙尘。

归来仍初样，归去是童真，
在诗诗言志，在世觅知音，
连珠缀玉成歌乐，灵魂旋律满阳春，
不计成败去创造，万古人间日日新。

终曲：
这世界，潮起潮落，花开花谢；
这人生，相爱相分，相逢相别；
是耶，其乎诗！
非耶！其乎诗！
遥立而望之，
偏何姗姗其来迟……

附照：2014 年 12 月在英国莎士比亚故居前

致敬歌德及《浮士德》：自强不息求索自由
停一停吧，你真美丽！

2017 年 4 月

题记：篇幅关系，请参见拙著《半面创新：创新的可计算学说》P52—63，第 7 章，"创新结果、产品本质与开宗立派的审美理想"。

附：2015 年 12 月赴德国法兰克福（歌德故居）、特里尔（马克思故居）、科布伦茨（德意志之角——德国统一的象征）、波恩、科隆等。

第二部分　诗脉盘桓

江山才子风流散，孰承诗脉独盘桓

开篇之诗：七律·炎黄族谱

2018 年 5 月 10 日为首届胡润创新榜发布大会作

炎黄谱盛马班修，孔老杯欢李杜酬。
四大发明推宇宙，九流学脉护金瓯。
兼容包并张千竞，罢黜独尊窒六眸。
长恨百年香火黯，世说新语创神州。

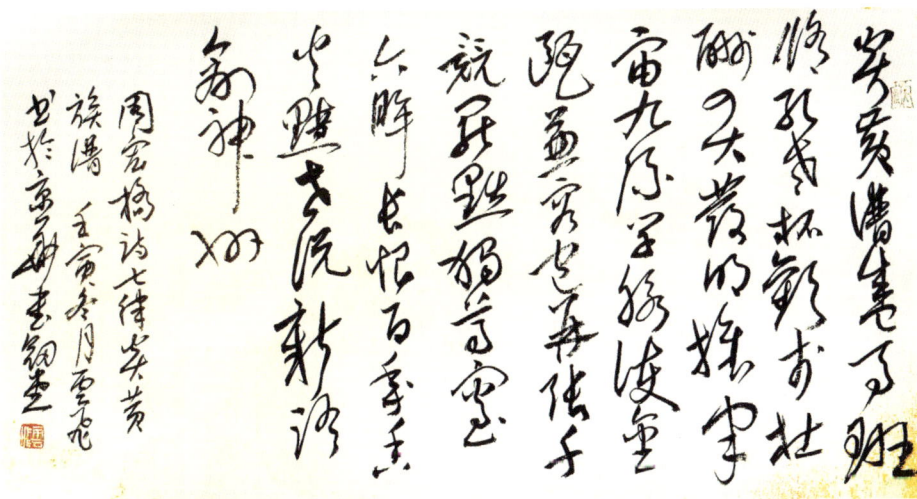

书法：孟云飞，教授/博导，书法学博士/艺术学博士后，中国书法家协会会员，现供职于国务院参事室。

盘古开天辟地，女娲重新发明天地

2013 年 12 月

题记：唐诗成功的关键要素，是彼时中华大地形成了儒释道竞争的观念开放、价值多元的思想市场，辅以民族、地域、中外、各种艺类的创造性融合碰撞，从而引爆盛唐气象。吾以女娲补天意象赋诗，正所谓：女娲补天多姿色，天人合一赋慨慷。

赤橙黄绿蓝，神女补崩残，
天地成慷慨，斯人任自然。

七律·寻诗溯祖屈子祠

2020 年 6 月 25 日五月初五端午节

题记：2019 年 10 月 23 日中午结束了奉节寻访诗圣杜甫遗迹之旅，午饭过后，长江 EMBA 30-3 班李志国同学来夔接车入宜昌，24 日上午来到秭归的屈原故里，参观了中华诗祖屈子祠。因教学繁忙兼新书写作到 2020 年 4 月 30 日交稿杀青，今日得闲而赋。

溯祖怀骚悼汨神，无边天问怒瞋瞋。
抗秦合纵迁三闾，颂橘忠行不贰臣。
九辩九歌哀破郢，招魂招隐涕修坟。
但澄故宇倾沧浪，落碎光粼日月身。

"观止文明"河南行三首·其二·为天下者不顾家

2021 年 6 月 13 日在楚汉荥阳成皋之战古战场讲解时

一拜成兄弟，
吾翁即汝翁，
欲烹随汝便，
幸吾分杯羹。

注：源于《史记·项羽本纪》，楚汉相争时，项羽将刘邦的父亲放在锅上，告诉刘邦说："今不急下，吾烹太公。"汉王曰："吾与项羽俱北面受命怀王，曰'约为兄弟'，吾翁即若翁，必欲烹而翁，则幸分我一杯羹。"项王怒，欲杀之。项伯曰："天下事未可知，且为天下者不顾家，虽杀之无益，只益祸耳。"项王从之。

附：2022 年 2 月 4 日在江苏宿迁的项羽故里，2022 年 7 月 31 日在陕西临潼的鸿门宴旧址。

湖南行四首·七律其二·鵩鸟新赋
——长沙访贾谊故居感慨

2019 年 5 月 8 日

题记:《史记·贾谊列传》载:贾谊年少才高、策论非凡,文帝超拔,欲提为公卿之位时,我的老祖宗时任宰相绛侯周勃,以及灌婴等短贾生曰:"洛阳之人,年少初学,专欲擅权,纷乱诸事。"于是天子疏之,不用其议,谪为长沙王太傅……贾生为长沙王太傅三年,有鸮(即猫头鹰)飞入贾生舍,止于坐隅。楚人命鸮曰"鵩",是一种不祥之鸟,贾生自以为寿不得长,伤悼乃为《鵩鸟赋》。

两千年后,5 月 1 日在长沙瞻仰了贾谊谪所故居,既为老祖宗说贾谊坏话惭愧,又为贾谊仅受小小挫折而自怨自伤乃至夭亡而深为不解,觉其意志孱弱、才不堪用,拜其墓曰:成大事者皆能忍,杀吾不死吾方强。故赋诗一悼:

才高年少知何似,鵩入坐隅端首昂,
自率滔滔暇以整,耆矜戚戚持而惶,
古今世事皆人事,动静无常更乱常,
遇雨无污风不折,鹏翔寥廓向青阳。

意在斯乎何敢让！读太史公司马迁感抒

2022 年 12 月 31 日

题记:《史记》是我从小到大时不时一读的作品，我把它当作中华文明的史诗。7 月 31 日在西安期间与长江 EMBA 诸同学 34-1 班付蓉，35-2 班陶芳东，36-1 班丁党伟，36-2 班江兴超、周小鹏，36-7 班张峻赢等驾车赴韩城司马迁墓地瞻仰，因疫变阳在家休养期间读李长之《司马迁传》，并重读《太史公自序》《报任安书》《孔子世家》《伯夷叔齐列传》等，感其发愤著述一赋:

抑郁不堪解，岂辞没世终，
春秋大笔续，华夏史诗成，
在厄独清见，回肠何辱蒙，
非邪抑或是? 天道孰能平!

汉中行两首

其一　七律·古今盛衰汉中行
2018 年 11 月 26 日

题记：11 月 20 日西安课后和 21 日，与长江 EMBA 30-3 班秦敬轩、李志国、王志文等同学游览了汉中古城，参访了刘邦与韩信明修栈道暗度陈仓之兴汉胜景、诸葛武侯定军山脚之墓、张良庙及隐居归仙处、周幽王烽火戏诸侯而裂东西周之妃褒姒故里、古褒斜栈道、曹操题字"衮雪"和斩杀杨修处，感慨千年古城之盛衰沧桑，今日得闲，赋诗为记：

举烽引寇裂西东，暗度明修起汉中。
将陨定军遗子谷，相逍齐物隐仙松。
亢龙衮雪掀天浪，涅凤皈心淬火重。
意在斯乎何敢让？笃行知止善于终。

其二　自恃管乐何兼长——定军山祭武侯策论二十四韵

2018 年 11 月 27 日

　　题记:《三国志·诸葛亮传》载:"景耀六年春（公元 263 年，七月蜀灭），诏为亮立庙于沔阳。秋，魏征西将军钟会征蜀，至汉川，祭亮之庙，令军士不得于亮墓所左右刍牧樵采。"千年后，瞻仰了后主刘禅昭立于勉县的世上最早的武侯祠。今日得闲一赋，以诗论策，诗论首出祁山时魏延与诸葛战略之比较:

刘邦何以得天下，汉初三杰张萧韩，
萧何月下追韩信，自忖其长未得兼，
古今毕竟全才稀，纵使全才有短偏，
曹操文武虽兼备，失德奸雄业未全。

孔明自许为管乐，自恃一肩将相担，
相才识治管萧匹，将略应变非其谙，
彼时蜀汉有韩信，超世杰伦乃魏延，
先主识才拔镇远，固若金汤戍守边。

效信明修暗度策，北伐计议延谋端，
诸葛主力出斜谷，正兵直道趋秦川，
延自出奇一万人，兵出子午下长安，
直取关中天下震，两军异道会潼关。

诸葛一生惟谨慎，平取陇右出祁山，
蚕食雍凉先拓土，徐图中原再攻坚，
意欲无虞十全克，斥延斯策实危悬，
奈何马谡失街亭，首败失机永难翻。

一生尽瘁三顾始，隆中对出鼎足三，
挥师北伐平生志，死而后已五丈原，
用奇击虚弱之道，虑多决少失机缘，

六出祁山消耗战，弱蜀国力岂连年。

魏延常谓亮为怯，叹恨己才用不完，
天下事皆是人事，知人难自知更难，
己有所短忌人长，欲兴圣统惟择贤，
千秋扼腕魏文长，此祭诸葛定军山！

成都游学访武侯祠、汉昭烈庙（二首）

2018 年 7 月 16—17 日在双流机场等候从成都赴曼谷前后

题记：7 月 9—14 日带雍善会"观止文明"赴四川游学，9 日抵成都，10 日参观武侯祠、杜甫草堂，11 日参观都江堰，12 日参观江油李白故居和汶川地震馆，13 日参观绵阳博物馆两弹一星，14 日参观三星堆后回程。14—16 日，半面创新成都年会，16 日晚从成都飞曼谷，17 日凌晨抵达，上午在曼谷酒店一赋：

其一　访武侯祠：匡扶天下酬知遇，不枉孔明此一生

　　　　继绝兴微管乐许，躬耕陇亩待明君，
　　　　慨然一诺草庐顾，匡救以酬知遇恩，
　　　　出使江东危难际，挥师北上存亡身，
　　　　此天汉贼不同立，一统三分归道心。

其二　访汉昭烈帝刘备庙：折而不挠真英雄

　　　　男儿岂止封侯志？少许英雄羽葆车，
　　　　履败终知元辅觅，寄篱却造仁名播，
　　　　复生髀肉慨流涕，未勒燕功叹跌蹉，
　　　　三顾讨来王霸策，不平天下不休戈。

七律 · 官渡古战场咏怀

2019 年 11 月 10 日

题记：11 月 8 日立冬抵达郑州，在北大光华 EMBA-103 班王亚飞处午餐过后，与同班孙良、国发院 BIMBA-E17 班张瞭原等赴中牟县观袁曹官渡之战遗址。

《三国志·曹操传》载袁绍曰："吾南据河，北阻燕代，兼戎狄之众，南向以争天下，庶可以济乎？"操曰："吾任天下之智力，以道御之，无所不可。"然操虽胜官渡统中原，却败赤壁成三分，亦未克竟全功，何也？

《资治通鉴·唐纪十三》载李世民祭操曰："临危制变，料敌设奇，一将之智有余，万乘之才不足。"王夫之《读通鉴论·第九卷》曰"操之所以任天下之智力，术也，非道也"，我深以为然，赋诗一吐为快。

斩良诛丑一时成，宁我毋人奸绝空。
凭险黩征失故地，惟才用弃泣新亭。
从来河厚滋苍赤，一往江长向海清。
古渡无舟何所济？仁心驭道方英雄！

拜谒陶渊明二首

何处种悠然

2016 年 8 月 16—18 日暑假在庐山寻陶翁遗址不遇

一醉风流何处落？田园归去一诗痴，
采菊种豆无弦奏，瓢饮箪食把酒持，
不为折腰五斗米，麾而斥馈嗟来食，
无边风月沉寂处，心内桃源独品时。

盛夏拜谒陶渊明墓

2022 年 8 月 16 日雨后在九江陶渊明纪念馆

渐渐雨晖过，斯人人境还，
寻真觅隐者，拜墓思悄然，
菊空夏让柳，弦寂风催蝉，
荷盛临孤客，茫茫对古园。

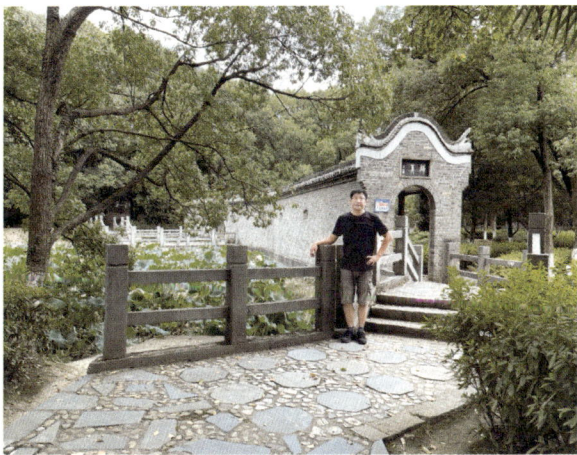

唐朝

七绝·登鹳雀楼: 千年有后继　冬日复登临

2020 年 11 月 25 日

题记: 24 日上午从珠海飞山西运城, 下午, 长江 EMBA 35-2 班曲烨同学接机后直奔永济市蒲州镇黄河岸边, 续登鹳雀楼, 此时严冬, 寒云蔽日, 在最顶层告慰王之涣铜像一赋:

欲穷极目上斯楼, 蔽日寒云压九州,
惟慰遗骚天海在, 莽山岂阻大河流。

叹早成名早白头——骆宾王叹

2022 年 12 月 9 日

题记：7 月 27 日赴浙江义乌瞻仰骆宾王故居公园，当地复旦 EMBA 2020 级孙仁旭同学陪同，中午与义乌的复旦学子们共进午餐。再之后是慢慢阅读其传记与诗文，今日得空一赋：

天下乌鸦如俱黑，白鸦纵美何堪俦，
一声唱橄惜才屈，六尺身孤竟楚囚，
从政不为银两少，为文但许浮名留，
活成砥柱惟孤立，叹早成名早白头。

秋登滕王阁

2022 年 10 月 13 日晨起一赋

题记：10 月 12 日赴南昌答谢画家，叨念着初唐四杰王勃《滕王阁序》名句"落霞与孤鹜齐飞，秋水共长天一色"，下午与友人登滕王阁，不料今年大旱导致鄱阳湖见底，虽秋水不再，但长天依旧，晨起一赋：

滕阁清霄矗，万方观泰然，
虽颓秋水断，不堕青云天，
山静晴岚倚，鹜孤悠影缠，
落霞何忍见，彼吾俱时间。

五律·拜谒王维墓　体融诗佛心

2022 年 8 月 19 日

题记：7 月 29 日飞抵西安，长江 EMBA 34-1 班付蓉、36-2 班江兴超、36-7 班张峻赢等相陪，在参访完细柳营城隍庙后开赴诗佛王维隐居处蓝田辋川别业。未料王维墓是在一个军工企业内，铁栅阻隔、铁卫强拦；我说要不就随遇而安，为人生留点遗憾；三位企业家同学却各自执著，电友寻朋，终得当地政府同意并派人陪同入园。当突然在杂草丛中看到"王维墓"三字时，我悲喜交加、顿湿眼眶、情难自抑，激动得声音变形。7 月 30 日晚在大唐芙蓉园的化装晚宴，峻赢题赠书法"诗佛"，我想是一种鼓励吧。连续的旅行过后复归平静，今日忙中偷闲，以诗佛之心一赋：

斯墓今何在？云岚涧水旁，
水中影不落，天地云间徜，
清浅鸟鸣涧，啸弹月照篁，
鸟鸣非自许，月照未欺霜。

七律·豪雄当辟创新难
——批李白山寨《黄鹤楼》

2013 年 12 月拟，2014 年 9 月 12 日登楼略改

题记：据传李白登楼，正欲抒情，突见此诗，大惊失色曰："眼前有景道不得，崔颢题诗在上头。"此后心有不甘，山寨其句法用意创作了《鹦鹉洲》：

> 鹦鹉来过吴江水，江上洲传鹦鹉名。
> 鹦鹉西飞陇山去，芳洲之树何青青。
> 烟开兰叶香风暖，岸夹桃花锦浪生。
> 迁客此时徒极目，长洲孤月向谁明？

在我看来，此诗虽美，毕竟牙慧，赋诗批李白叹曰：

> 天子呼来不上船，诗仙醉酒下尘凡。
> 黄鹤楼惊风流笔，鹦鹉洲捏汗雨惭。
> 万古堂评万古过，先贤殿叹先贤难。
> 关山但点化新陆，留待后生结创缘。

五律·雨中游采石矶李太白园

2021 年 10 月 16 日安徽马鞍山采石矶，17 日酒醉晨起一赋

绝壁临江廓，惊涛伴谪仙，
翰林王霸业，诗酒风流篇，
浪呛清秋梦，潮徊孤岸烟，
大鹏沉一坠，苦雨漫江天。

七律 · 巩义杜甫故居咏怀

2018 年 8 月 15 日访巩义杜甫故居，19 日坐定一声叹息

千年君后吾方生，每诵君诗意不平。
京困陇奔流涕路，蜀漂夔泊泛江行。
三篇礼赋折摧苦，八首秋兴沉郁情。
遥寄吾诗君与论，可接唐宋扫明清？

湖南行四首·七律其一·祭扫杜公墓

2019 年 5 月 7 日

题记：4 月 29 日与长江 31-3 班娄力争、31-2 班张开永同学驱车于春雨晚幕时分抵达被国家文物局认定为全国惟一杜甫真墓的岳阳市平江县小田村祭拜，今日得闲一赋：

千年万里会诗贞，春月平江祭杜魂。
杳杳蒸寒空墓雨，依依流暖古人云。
一生顿挫修平律，三转铿锵正始音。
千古创神惟此圣，吾侪君后更思新。

七律二首·夔府孤城寻杜甫遗迹

2019 年 10 月 28 日

题记：10 月中旬从美返京，课后飞重庆并转轨高铁至万州，长江 EMBA 32-5 班李海同学接车并于 22 日晚抵奉节（古夔州），杜甫曾于 766 年暮春（768 年正月）居此。当晚与党校唐林校长，杜甫学会李君鉴会长、邓迎春老师等小酌座谈，23 日上午在两位老师指导下遥观杜公遗迹（因三峡截留水位上涨而淹没）西阁、赤甲、瀼西、东屯以及依斗门、博物馆等，并在参访白帝城期间与从宜昌赶来的长江 30-3 班李志国同学会合后离奉，赋诗为记。

其一　遥望杜公千载问

天下家邦公拟问，跨西转轨万重关。
东屯谷地仍留谷？西瀼柑园尚产柑？
白帝永安张赤甲？瞿塘滟滪阻狂澜？
苍生刍狗凭谁度？历史三峡旷几穿？

其二　翘盼诗城重建杜公祠

一生离难苦和悲，两地些欢锦与夔。
百代传杯严尹范，千秋揖手柏督垂。
穿花蛱蝶依今见，点水蜻蜓照旧飞。
天府草堂天下盛，诗城何处觅诗灰？

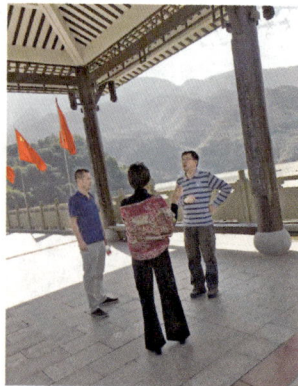

附录：10 月 28 日赋诗两首之后发给了重庆奉节杜甫学会，学会告知微信群中反响强烈，同时也转来了和诗，我附于此：

斗胆和旅美华人周宏桥先生

重庆奉节杜甫学会　童琳娅

2019 年 10 月 29 日

其一　遥望杜公千载问

遥望杜公千载问，英魂游荡在夔关。

商家子弟皆归校？原野耕夫遍种柑？

待嫁女郎妍若璧？盈江流水静无澜？

安居广厦兴家业？稍纵贪心便可穿。

其二　翘盼重建杜公祠

身处贫寒为世悲，登高独览咏于夔。

诗风俊朗铭情志，正气昂扬示范垂。

重教行商双目举，尊男敬女两眉飞。

杜公遗迹今何在？念圣之心不可灰。

附录：给上海交大安泰经管学院 EMBA 的 2020 年度推荐书目

潮州行访韩文公二首

题记：2021 年 12 月 21 日冬至从长沙飞潮州，全国人大代表、长江 38-5 班的潮州企业家黄礼辉作陪，访潮州古城、广济桥、韩水、韩山、韩文公祠等，当天下午，飞机离潮。

其一 绿水青山改姓韩
2021 年 12 月 21 日下午 5 时在潮州机场草就

山依水兮水缠山，绿水青山改姓韩。
水已早非昔日水，山依然是旧时山。
山看新人觅古气，水经故道逐新欢。
安得山水与人论，暮山逝水又流年。

其二 七律·潮州祭拜韩文公
2021 年 12 月 22 日晨起一赋

一谏冲天贬瘴丘，山河改姓济衰瓯。
千年汩水孰托寄？一曲韩江兀自流！
缱缱哀民除旧弊，戛戛硬语振新俦。
世间谁总身由己，苦难成诗谪作游。

居之不易两人生——叹白居易

2013 年 12 月

题记: 2013 年 11 月 29 日, 应洛阳市政府之邀在中国·洛阳信息技术展览及交易会上演讲《移动互联网 / 云计算 / 大数据时代传统行业创新创造之思维框架》, 30 日, 洛阳市科技局尚少宗副局长陪同去了白居易 (772—846) 墓地, 赋诗一叹, 感其 815 年 44 岁被贬江州司马前后之两段人生, 之前是儒家入世、志在兼济, 之后是佛道出世、终于独善。

四十四岁人生折, 前入儒世后道佛,
诏追永贞九司马, 谪续熙宁两东坡。
野火烧尽琵琶曲, 春风无解长恨歌。
向使当初身便死, 至今仍念卖炭车。

补: 九司马, 接永贞革新二王八司马; 两东坡, 熙宁年间, 苏轼被贬黄州, 将垦荒自救的茨棘瓦砾之场命名为东坡, 写下《东坡八首》, 乃是续白居易任忠州刺史时在城东坡地手植花木的几首东坡诗, 从此"东坡"名满天下, 苏轼曾言"平生自觉出处老少, 粗似乐天"。
又补: 2021 年 6 月带班再访白居易公园

立冬时分访柳侯祠二首·七律其二·何谓命运

2021 年 11 月 10 日晨起

题记:11 月 8 日立冬翌日,温度突降超过十度,从上海飞柳州访古柳宗元祠堂,不巧周一闭馆,打电话征得祠堂管理人员相助,我得以独访,9 日从南宁晚归,今日晨起一赋:

何幸柳州迎谪贬,河东魂骨落凡苍,
从来君子命多舛,自此蛮夷教有方,
三绝断碑空寂寥,一垂细柳濯寒江,
留京殊可一时相,苦淬方传万世章。

七律二首　河南荥阳访刘禹锡、李商隐墓

2014 年 10 月底

题记：2014 年 10 月 23—25 日中国计算机大会在郑州召开，我 23 日上午给全国优秀大学生作完报告后即赴荥阳，瞻仰了唐代两位大诗人的墓地，24—26 日厦大 EMBA 课后得闲一赋：

其一　访刘禹锡墓：一世诗豪此刘郎

欲兼天下非惟诗，天以所长不使施，
宣政殿迁旧党黜，玄都观贬新桃嗤，
忠奸贤佞孰堪定？功过是非动善时？
熬死三宗一陋室，刘郎入史却凭诗。

其二　访李商隐墓：一世情种一生愁

先入为愁愁更愁！无端愁至愁何愁？
见疑忘主牛营叛？被谤联姻李党投？
情爱无题诗怎解？仕途失路谀孰求？
何当转世仍情种？只觅人间那一眸！

宋朝

今宵酒醒何处
——风流才子柳永抒

2022 年 5 月 18 日

题记：2021 年 11 月 22 日晚与友人电话聊诗，其间点评了柳永《雨霖铃》"执手相看泪眼，竟无语凝噎"的艺术创新；未想 11 月 25—26 日给北大光华 EMBA 授课时讲"半面创新"的四个状态函数时竟然用上，并举一反三达·芬奇的蒙娜丽莎，以及莱辛《拉奥孔》选题于"最富于孕育性的顷刻"。上海疫情期间居家整理诗集，居然在老电脑上找回了以为遗失的照片，去柳永的武夷山故居是 2011 年 7 月 11 日带女儿拜访如照，故重读柳永传记及诗集，一声叹曰：

奉旨填词柳三变，浅斟低唱柳七音，
晓风残月召豪放，十里荷花惹觊心，
风月无情执寡信，浮名不忍永更新，
白衣才子胜卿相，何憾一生赤子吟。

晏殊故居凭吊二晏

2022 年 11 月 5 日—6 日

题记：10 月之南昌行，与友人驾车赴进贤县（宋朝时为抚州临川文港沙河）晏殊故居参访，凭吊一代词宗晏殊（991—1055），兼及其第七子——情痴晏小山（1038—1110），多日之后得闲一赋：

七律其一　晏殊

立志人生千万载，转身入世辞神童，
当仁宁不低头忍，事后岂忧台面容，
豪杰每多屠狗辈，狷狂难做正襟翁，
君胸却似河东阔，奖掖后生桃李隆。

七律其二　晏小山

种落野田转世春，情缠无解离难分，
凡尘皆道情何必，绝世独痴花与嗔，
傻气犹存三两纷，素心却悻一倾深，
诗人自古边缘客，爱过留痕自性真。

五律·登岳阳楼望洞庭湖

2021 年 12 月 23 日

题记：完成了周末的教学，12 月 20 号周一从深圳乘高铁赴湖南岳阳，与长江 EMBA 38-4 班彭敏、38-3 班童庭坚在岳阳会合后登岳阳楼。此前千载，孟浩然（坐观垂钓者，徒有羡鱼情）、杜甫（亲朋无一字，老病有孤舟）、范仲淹（先天下之忧而忧，后天下之乐而乐）等先贤曾登斯楼，23 日在上海飞三亚航班得闲一赋：

冷粼笼薄暮，千载空斯楼，
心躁一泓水，身疲自在鸥，
怀沙填海苦，渡乐先天忧，
更念孤舟寂，犹思独钓愁。

寒冬登醉翁亭咏欧梅

2022 年 1 月 12 日寒冬

题记：上午从上海乘高铁赴安徽滁州，一代文宗欧阳修曾因"庆历新政"失败贬谪为此地太守并赋《醉翁亭记》，使得坐落于琅琊山间的一座小亭千古留名，亭院内有欧翁手植的梅花树，世称"欧梅"，树高 8 米，华盖 50 平方米，是中国仅存的距今千年的四株梅树之一，流连古梅下，心驰神往之：

潺细闻清徽，枯枝落影轻，
岚偎山水寓，梅倚醉翁亭，
悴骨沉寒举，孤蕾悠霭宁，
舞雯春咏日，诗酒寄生平。

曾巩不能诗？

2014 年 7 月 29 日

题记：嘉祐二年（1057 年）进士榜被誉为千年第一榜，曾巩、曾布、苏轼、苏辙、章惇、吕惠卿、张载、程颢、王韶等同榜，7 月 26 日驱车来到抚州的曾巩文化园。钱锺书先生在《宋诗选注》中提到曾巩学生秦观时不客气地认为他不会作诗，以及另一学生陈师道不加可否地转述一般人的话，说他不会作诗。应该说，作为"唐宋八大家"的曾巩是一个质朴的醇儒，更多的是严谨学者而非灵性诗人之质，并以文以载道为使命，故道学家朱熹盛赞"爱其词严而理正"，我个人喜欢曾巩个别比较有灵性的作品如《咏柳》《西楼》等。

> 韩柳欧苏王，铮铮钟吕声。
> 八家曾巩列，寂寂蜂飞轻。
> 蜂酿文蜜醇，蜂筑诗巢诚。
> 朱熹曰理正，秦观曰乏情。
>
> 问道究天理，赋诗任性情。
> 诗非载道仆，诗为情命钟。
> 蜜尽花香败，诗尽归巢空。
> 曾巩不能诗？听蜂鞳鞳鸣。

七律·欲推一世开千古：二访临川王安石故居抒

2014 年 7 月 30 日

题记：1995 年，我专程去了江西临川，瞻仰心中的圣人王安石故居。"飞来山上千寻塔，闻说鸡鸣见日升。不畏浮云遮望眼，自缘身在最高层。"王安石人品高蹈，他不堪苍生受苦，颁《三经新义》为理论根据，阐明"惟道之在政事"，即儒道本质是经邦济世，于是铁肩担道"三不足"："天变不足畏，祖宗不足法，人言不足恤"，虽万千人吾往矣。那年从南昌到临川正在修路，一百多公里颠簸了五六个小时，就像他的变法一样写满着艰辛。

2014 年 7 月 26 日暑假期间二赴临川，再访我心中这位孔子、范仲淹之后达到立德、立功、立言三不朽的圣人（再后为明王阳明、清曾国藩），这次带孩子一起在王安石像前献花鞠躬，愿先生灵魂千寻塔上散霾云，光流重淌万家馨，并赋诗为记：

虽万千人吾往矣！狂澜但起势难休，
富强变法荆公拗，义利党争司马牛，
担道经邦三不足，抗壬排异四苛究，
欲推一世开千古，孤塔浮云逝水流。

缅怀东坡先生三首

其一　七律·儋州祭拜

2021 年 12 月 28 日晨起

题记：23 日飞抵三亚，晚宴与诸学生讲东坡先生一生正直之基因是少时与母亲程夫人一起读《后汉书·范滂传》，一时凝噎；24 日与长江 EMBA 35-2 班刘帅、耿晓杨、姚长鸣和谢伟诸同学一行驾车赴儋州，第二次赴东坡书院；第一次是 2021 年 12 月与上海交大安泰 EMBA 2018-1 班学员包永正及东坡书院院长；午餐讲到东坡乌台诗案入狱一百三十多天的绝命诗，潸然泪下。清华三亚两天课后回沪，今日得闲，晨起一赋：

戴笠着屐淑世眸，天涯鸿断逍遥游，
萧寥剔骨食如蟹，绝倒掀髯身作舟，
梦里柔情生死以，朝堂强谏乱常犹，
书香一枕风流去，万古文章未了愁。

其二　七律·不合时宜一坡仙

2022 年 1 月 1 日元旦晨起

题记：昨夜东坡肉，今晨苏子酥，在连云港陪老母亲期间读东坡书，读此轶事，晨起再赋：东坡一日退朝，食罢，扪腹徐行，顾谓侍儿曰："汝辈且道是中何物？"一婢遽曰："都是文章。"坡不以为然。又一婢曰："满腹都是识见。"坡亦未以为当。至朝云乃曰："学士一肚皮不合时宜。"坡捧腹大笑。赞道："知我者，惟有朝云也。"

　　旧年夜品东坡肉，新岁晨尝苏子酥，
　　少若范滂强项许，命追韩愈讥谗诬，
　　但求风雨但求梦，不合时宜不合俗，
　　云淡总于云涌后，海天一色醉乘桴。

其三　七律·旷达出自苦难磨

2021 年 1 月 2 日晨起

题记：近期连读了王水照先生的东坡评传及诗文词选，东坡天性忠厚、胸襟旷达、生性恬淡、不求荣利，总以善良待人并把情感视为人类之根本，不过其旷达是在苦难中逐步磨炼而成的，在入狱与贬谪突降时，他也曾措手不及，也曾苦闷、牢骚、彷徨、悲怆，吾侪诗以怀念这位伟大的灵魂：

　　也曾动念自投江，亦欲吞丹不辱亡，
　　绝命两诗凄夜雨，寒书一帖遣春殇，
　　三州苦僻笑生死，十载蛮荒赋慨慷，
　　骇浪扁舟终不系，一鸿飞渡栖青苍。

附录:缅怀东坡我以为至少须去四个地方:四川眉州三苏祠;然后是"问汝平生功业,黄州惠州儋州"。这四个地方我是全都去到了。书法为北大国发院马浩教授题写的《天国诗酒话情爱》东坡片段。

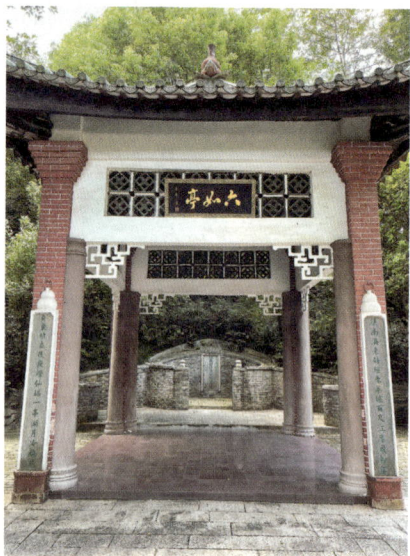

寻梦寻声
何浩渺渺骄阳
萧海有遗珠
人生唯美幽
爱邈邈爱东上
天赐凡俗万
里书山峨翠
锦迤眼烟云
影不孤最是
深情留不住
余生有爱随
归途

风萧雨骤于彭水凭吊黄庭坚衣冠冢

2022 年 8 月 23 日

题记：与长江 EMBA 32-4 班彭水籍学员刘川郁规划 7 月 18 日我深圳课后早飞重庆，与 31-2 班牟梓源、33-4 班王平、36-2 班饶德丽和复旦 EMBA 方明富等同学机场会合后直驱彭水（即古黔州），凭吊 1094—1098 谪居于此的北宋大文豪黄庭坚，不料因狂风暴雨而备降成都，下午复飞抵渝，19 日遂与德丽及彭水当地老师周雪燕、唐娟和黄方冒着中雨，用雨伞在山间披草寻路，艰难而行，终于找到青冢。几周出差兼读黄庭坚传与诗文集，今日得闲，入韵为赋：

> 风萧雨忽骤，烟木望如夺，
> 寻径伞开道，穿滑石垫泊，
> 沉香倏聚散，疏籁隐清浊，
> 吊影成孤墓，残碑伴此谪，
> 人生风雨路，何处安魂魄？

> 一噫任风雨，一嘘惟教读，
> 逼真寻独树，守节入青竹，
> 有道有为担，不为不落俗，
> 江湖但作景，山野蔚然足，
> 倚酒通诗妙，卧云随运伏。

五律·日暮时分读秦观传一叹

2022 年 12 月 15 日

题记：9 月 22 日回江苏看母亲时绕道高邮，瞻仰被称为"千古伤心人"的秦观故居。12 月 12 日诗集排版校稿时，美工忽染新冠，故得闲数日读完少游诗文传记，却叹其情痴过甚，凄婉而凄厉，无法直面人生挫折与命运不公：

山抹微云散，斜阳笼满庭，
缪携澄海志，初落掩关铭，
命固情之寄，情虽命所凭，
暮晖非不坠，但坠复升明。

注：首联化其代表作《满庭芳》"山抹微云……斜阳外，寒鸦万点，流水绕孤村"；颈联出句化其《春日杂兴》"缪挟江海志，耻为升斗谋"；对句引其初试落第后再无雄心壮志之《掩关铭》；尾联强调，生命最伟大的光辉不在于永不坠落，而是坠落后能够再度升起。

秋雨山东行三首·其一·辛弃疾赋

2021 年 9 月 27 日

题记：9 月 25 日原定清华经管课后飞连云港的航班取消，于是高铁绕道济南，当晚与长江 17 期宁惟惟、36-1 班刘卫东、36-2 班郭海冰、37-1 班宋小飞和李伟心等一聚。26 日与海冰及其孩子等一行参观了历城辛弃疾、章丘李清照、淄博桓台王渔阳三故居，今在连云港得闲一赋：

> 赤手五十骑，缚叛万军中，
> 金人肝胆丧，大宋壮威容，
> 秋声今日至，细雨仍朦胧，
> 凛凛犹未死，万世垂英名……

> 安得猛士补天裂，铁马金戈连鼓旌，
> 大鲸吞海英雄泪，一腔幽愤寄词中，
> 奈何剑气醉光闪，且把白髭染春风，
> 长叹大鹏终垂翅，生是人杰鬼亦雄。

江西庐山行四首·其二·观朱子遗迹遗训

2016 年 8 月 16—18 日

题记：白鹿洞书院，"始于唐、盛于宋，沿于明清"，唐时为李渤兄弟读书处，命名为白鹿洞。南唐升元四年（940 年）建立"庐山国学"，亦称白鹿国学，与金陵国子监齐名。宋初扩为书院，与睢阳、石鼓、岳麓并称四大书院。南宋淳熙六年（1179 年），朱熹受命知南康军，报请宋孝宗重修。朱子设定学规（五教、为学五序、处世之要、接物之要）等，从此成为中国书院的立学标准。8 月 16 日携家人游览了千年书院，观朱子遗迹遗训一赋：

古韵蝉鸣天地寂，青崖白鹿枕流霏。
正学穷理澄心入，涵性定规扶气微。
九载为官册日侍，一生传道千秋辉。
林泉山石夕霞没，月印万川斯圣归。

元明清 / 近现代

五律 · 花开见圣 · 悼阳明先生

2021 年 3 月 15 日

题记：3 月 15 日晨起坐高铁从成都赴贵阳，专程赴修文县拜谒阳明先生龙场悟道旧址，长江 EMBA31 期林展雄兄弟李斌等一行作陪，之后与 28 期孔祥柱、29 期罗磊、33 期刘丰等聚首于 33 期吕钢同学处续品阳明心学，晚宴之后诗成于贵阳机场候机晚点时。

云舫春水漾，花盛伴先贤。
滴冷阳明洞，烛昏何陋轩。
清风元气许，夜雨剑诗翩。
一悟死生道，此心不复言。

世间已无张居正

2017 年 9 月 9 日访湖北荆州古城边张居正故居

入火如入清凉界，一身万死谋国艰，
摄政抓纲三表考，理财固本一条鞭，
夺情清议本根断，德教君行不一言，
千古是非当时怨，世无居正天地间。

李贽故居抒——千古先知老顽童

2014 年 6 月 29 日

题记：6 月 28 日福建网龙课后，29 日从福州到泉州，带女儿拜访了明朝大思想家李贽（1527—1602）故居。

千古是非覆作新，但量天下自由身，
平生尤恶道学伪，一念存真童子心，
仕宦堪忧名利缚，居家更怕乡俗侵，
不容时世死生度，一道强光暗又吞。

山东行三首·七律其三·访王渔阳故居感抒

2021 年 9 月 27 日

秋柳青青烟雨飘，一篇神韵诗宗朝，
家书遗墨公清训，圣祖御批勤慎诏，
天下庸夫失在惰，古今才子败于骄，
何来人世临仙处？冷眼凡尘热酒骚。

湖南行四首·七律其三·访曾国藩故居抒

2019 年 5 月 29 日

题记：4 月 30 日与长江 31 期娄力争、张开永等一行从长沙驱车前往位于娄底双峰县荷叶镇的"立德立功立言三不朽，为师为将为相一完人"曾国藩故居，忙过繁重课程后于 5 月底得空一赋：

> 血性书生天下志，兼收亦许圣贤身，
> 治平忍却雷霆手，经世诚乎菩萨心，
> 洋务当师夷变夏，国学其命自开新，
> 沧桑未尽江湖远，一树槐烟月半荫。

一声悲惜李鸿章：游旅顺军港　叹甲午海战

2022 年 8 月 12 日晨起

题记：昨抵大连，长江 EMBA 36-1 班蔡永文同学接机后同赴旅顺口，参观中国第一座军港及甲午海战故地遗址，大连建市（原名旅大）始于 1875 年清政府委派李鸿章筹办北洋水师，1890 年，旅顺军港竣工，1894 甲午年秋七月，中日甲午战争爆发，北洋水师全军覆没，1895 年 4 月，李鸿章代表清政府签署了丧权辱国的中日《马关条约》，呕血不止，1901 年斡旋十一国列强签完《辛丑条约》后呕血而亡……梁启超评曰："吾敬李鸿章之才，吾惜李鸿章之识，吾悲李鸿章之遇。"一声悲惜，晨起一赋：

> 飘零旧酒徒，呕血办洋务，
> 补阙裱糊匠，斡旋痞子术，
> 惜才不得不，悲遇不能不，
> 甲午逆沧海，孰堪国运渡！

前后两个康有为

2022 年 7 月 14 日于佛山

题记：7 月 13 日下午瞻仰南海康有为先生（1858—1927）故居，康先生是晚清改良派思想家和政治家，1895 年得知《马关条约》签订，联合 1300 多名举子上万言书，即"公车上书"；1898 年开始戊戌变法，即百日维新，失败后逃日，组织保皇会，力推开明专制。辛亥革命后反对共和，于民国六年（1917 年）与张勋发动复辟，拥立溥仪登基。慨其一生两段，今日得闲一赋：

> 国士有双康有为，致身社稷换肩担，
> 公车上表万言志，变法维新百日艰，
> 垫脚石何成绊脚？更年期却事当年！
> 保皇尊孔论民主，枪杆里头出政权。

江西庐山行四首·其四·独立自由生死以
——陈寅恪先生墓抒

2016 年 8 月 16—18 日

题记：带女儿来庐山植物园拜谒陈寅恪先生墓，讲解陈先生在"清华大学王观堂先生纪念碑铭"中如是说："士之读书治学，盖将以脱心志于俗谛之桎梏，真理因得以发扬。思想而不自由，毋宁死耳……先生之著述，或有时而不彰。先生之学说，或有时而可商。惟此独立之精神，自由之思想，历千万祀，与天壤而同久，共三光而永光。"赋诗一悼：

匡庐何幸埋风骨，吾道不孤行亦蹉，

独立自由生死以，斯文未丧他人何？

第三部分　自辟宇宙

欲截众流成一体，不负平生不负诗

开篇之诗：七律·自嘲
——兼与上海交大安泰 EMBA 同学共勉

2021 年 4 月 18 日

题记：3 月 27—28 日给上海交大安泰经管 EMBA 2019 级 2 班授课，约了于下次在给 2019-3 班授课期间的 4 月 17 日小酌，昨晚成宴，聊及已完成的技术、学术两条曲线以及正在进行中的第三曲线艺术人生，赋诗自嘲，兼与同学诸君共勉：

最是诗家空对空，即今李杜亦愁穷。
一生气血有伏笔，绝代宋唐当续雄。
底色犹存大悲悯，才情不废旷世功。
得之我运失之命，彼岸花开孰与觥。

形式创新：诗剧

企家枭雄汇长江

2021 年 1 月 16—17 日

题记：2021 年 1 月前两周，集中评改了长江商学院 EMBA-33、34、35 期七个班级的作业，为中国民营企业家代表群体创业创新之筚路蓝缕而诗心感佩、诗兴激荡，恰逢 35 期上海迎新会，赋诗助兴且为乐。

（一）

（合）：二〇二一牛头探，二〇二〇鼠尾拖，
　　　　长江卅五迎新乐，正装润色人样又人模，
　　　　干饭拼酒嘎三胡，掼蛋商业互吹八卦波：

（甲）：佳人觅粉嫩，茅台过期喝，
　　　　尿频前列腺，口重力比多。

（乙）：寒尽一阳起，跳出舒适窝，
　　　　不甘娱乐死，挥剑大风歌。

（丙）：这方山路十八转，那边套路九罗锅，
　　　　半世颠簸搏生计，半世理想诗酒说！

（二）

（甲）：时代提供大素材，纵身一跃起风骚。
　　　　卿本佳人去创业，做企业家从此命运一闪腰。

（乙）：士农工商鄙视链，圃稼为小工商为末最个操！

（丙）：君不见：
　　　　官场矫为厚重做虚语，士人痿做深沉实轻佻。
　　　　谁言磊落豪雄第二等？自由意志大开大阖最天骄。

（合）：欲成大事须 All-in，欲成爆款必精雕，

举天下来何难拒，偏师十万一剑挑，

风口赛道创世纪，美好明天在今朝。

（合唱京韵大鼓《重整山河待后生》：千里刀光影！）

（三）

（甲）：一胆二识三将将，感叹摇号变问号，

狼多肉少虎环伺，死磕成功被磕毛：

（乙）：你刚王老吉，他却加多宝，

（丙）：你欲创新"麦德基"，他又跨界"肯当劳"。

（乙）：你说人脉广，他说圈层高，

（丙）：你欲市场走正道，他又官商新承包。

舞台背景:《天仙配》歌舞与选段：

（女）树上的鸟儿成双对，

（男）绿水青山带笑颜。

（女）你耕田来我织布，

（男）我挑水来你浇园。

（合）你我好比鸳鸯鸟，比翼双飞在人间。

（乙）：事没少做，人没少见，酒没少喝，

就是没见挣钱如小目标多！

（合）：多！多！多！

（丙）：蝌蚪变蛙，虫蛹变蝉，丑鸭变鹅，

不想过把老板瘾就死嘚瑟！

（合）：瑟！瑟！瑟！

（女唱京剧《苏三起解》：未曾开言我心好惨，过往的君子听我言。）

（四）

（甲）：清高风吹淡，尊严落为尘，

阵亡全家桶，疗伤玻璃心。

（乙）：闻经金台寺，悟道龙场吟，

拜将千金骨，泰誓渡商津。

（丙）：诗酒走天下，茶心通古今：

不历风雨长不大，云下尚有血丛林，

总历风雨高不够，云上永远蓝天氲。

（合）：走南闯北千帆尽，世上皆路通自心！

（对唱壮族《刘三姐》：唱山歌，这边唱来那边和；山歌好比"长"江水，不怕滩险弯又多。）

（甲）：我爸刚乎马爹利？尔妈婢也猪坚强！

头撞南墙挤道缝，死海辟蹊化田桑。

（合）：一路打怪升级、杀伐决断、九死一生，声声是悲怆。

（乙）：敲钟那厮大，扑街华尔长，

莫问出身蚁上树，财报铿锵佛跳墙。

（合）：嗟乎！吾诚惟恐事业格局不配自己所遭苦难与凄凉！

（全体起立合唱亨德尔《弥赛亚》：哈利路亚！哈利路亚！哈利路亚、哈利路亚、哈利路亚……）

（五）

（合）：走心不套路，大舍是大方，

大海因向往，枭雄汇长江。

（甲）：长江在地流千载，长江在月照八方，

（乙）：壮乎浪汹涌，美哉水洋洋。

（丙）：不舍昼与夜，观逝慨而慷。

（合）：惟有成功方自信，不经失败必轻狂。

背景音乐：明·杨慎《临江仙》
　　　　滚滚长江东逝水，浪花淘尽英雄。
　　　　是非成败转头空。青山依旧在，几度夕阳红。

（师）：敬同学诸君（举第一杯）：
　　　　大道通天当下路，前程似海来生长，
　　　　人生有量"自"为量，命运无常"已"做常。

（旁白转韵：命运加仓又减仓，人生浮亏又浮盈）
（男唱越剧《追鱼》：今晚多感小姐来，莫非眼前是梦境）

（甲）：决绝决新生，眨眼砸旧坑，
（乙）：无须顾左右，何必言西东，
（合）：长江没有田小姐，长江没有王先生，
　　　　长江水非茅台水，长江水准在苍穹。

（女唱《上海滩》：浪奔浪流，万里滔滔江水永不休；淘尽了世间事，混作滔滔
一片潮流；是喜是愁，浪里分不清欢笑悲忧；成功失败，浪里看不出有未有）

（以下皆老师）：
三皇五帝夏商周，大江浪奔一路浪流汉唐宋明清。
孔老相逢大河渡，李杜千杯传古觥。
时不至日不强用，事不究时不强成。
盛世千年正此时，莫负苍天误此生。
君子务本ＣＰＵ，君子不器螺丝钉。
我心就是大赛道，任尔东西南北风。

降俗以达志，修欲以炼情，
身无长物惟背影，商道酬信人道诚，
身有长器仍迭代，天道酬勤业道精。

再敬同学君（举第二杯）：

当行本色生命不息永折腾，心中卧虎又藏龙。

大哉日观时代狂澜流天地，夜听血脉偾张声。

（旁白调侃）迅雷不及掩耳盗铃铃儿响叮当……

（齐唱：Jingle bells Jingle bells 铃儿响叮当，创业创新多快乐，我想自由去游荡，嘿！Jingle bells Jingle bells 铃儿响叮当，那位美丽小姑娘，她就坐在我身旁，哈！）

（六）

人生论代数，来世竟几何？
二少德和赛，三老道儒佛，
当今科技最诗意，科技终将人类夺。
天道在缺恶圆满，古今东西《半面创新》起承又转合。

为枭当有敬畏时，取势优术先行德，
投机出奇比比是，难在守正旦旦磨，
耐得无忍不寂寞，永持不及自超脱，
人生有命随运转，上品率性直道择。

三敬同学君（举第三杯）：

秦关汉将唐丝路，莽莽驼沙月塱枭嘶声渐浊，
一生走过五千载，自由意志大起大落任开阖。
大约的确自己人，士农工商终磨合，
民企愈强国愈强，民企羸弱国蹉跎，
问天预支五百年，再造盛世大！大！大中国！

（齐唱《上海滩》：爱你恨你，问君知否，似大江一发不收；转千弯转千滩，亦未平复此中争斗。又有喜又有愁，就算分不清欢笑悲忧；仍愿翻百千浪，在我心中起伏够；仍愿翻百千浪，在我心中起伏够。）

孔老之会（片段）

2020 年 6 月

第一幕　二子相携行，对话黄河边

孔夫登泰小天下，望忧天际阴阳昏，
问礼适周欲拜老，二马一车千里奔，
朗朗清风孔老会，芒茫宇宙起乾坤！

第一辩：礼崩乐坏与治乱方案

孔子（拱手作揖，手指黄河，子在川上曰）：
　　　才下泰山巅，又奔河洛途，
　　　适周会老子，问礼观有无，
　　　黄河流天地，逝者如斯夫，
　　　不舍昼与夜，却似君子自强不息任独孤！

老子（拱手作揖）：
　　　泰山何岩岩，夫子鲁邦詹，
　　　愿闻子之志，愿闻子所安。

孔子：老兄君不见：
　　　三皇五帝夏商周，大河流奔一路东。
　　　宗室东迁天下乱，王纲解纽礼乐崩。
　　　中华文明何处去？时代狂澜何汹汹。
　　　道术将为天下裂，诸子百家乘势兴。
　　　吾十有五志于学，而今三十而立欲为天地立心、生民立命、往圣
　　　继绝、万世开太平！

寰宇兄不见：

朱门酒肉臭，路有冻死骨，

诸侯争竞霸，列强铁骑突。

吾欲推仁说列国，当仁不让宁死犹重泰山一腐儒。

由是老者安之、朋友信之、少者怀之，天生烝民止于至善终如初。

自信斯文天未丧，文王既没文不在兹乎！

志于道、据于德、依于仁、游于艺，诗以言志吾情抒。

美哉水，洋洋乎，

丘之不济命也夫！

老子：闻子之志，高山仰止，景行景止，

闻子所安，虽不能至，心向往之。

美哉水，洋洋乎，何若闻子策与识？

孔子：云从龙，风从虎，同声同气慨而慷！

蛮夷戎狄散四方，华夏犹如五岳独尊居正央。

尧舜禹汤须祖述，文武周公当宪章。

克明峻德亲九族，九族既睦百姓亦平章，

我欲仁政化有序，百姓昭明协和共万邦。

天本在国国在家，父义、母慈、兄友、弟恭、子孝……家和万事昌。

普世价值并非种姓不是契约是血亲，仁者克己复礼修齐治平诗书继世长。

仁者厚重如泰山，仁者价值超越历史有担当。

仁者恭宽信敏惠，仁者爱人讷言敏行是狷狂。

老子：（近虚指黄河水，远虚指河岸的孟津古渡）

汝从泰山来，吾自大河出。

美哉水，洋洋乎，

河出图，洛出书，

八百诸侯会孟津，泰誓天道周兴代殷诛独夫。

天下莫柔弱于水，攻坚强者莫之能胜如摧枯。

夫子可知江海何能百谷王，夫子可知上善若水乎？

孔子：大哉山崇崇，美哉水洋洋，

　　　吾知泰山重，吾知大河黄，

　　　吾愿闻其道，吾愿闻其详。

老子：默默滋润甘居下，水利万物不张扬，

　　　人往高走水低流，水处众恶任污脏，

　　　涓涓细流汇成海，海纳百川是汪洋。

　　　滴水可穿石，弱之能胜强，

　　　积水掀狂澜，柔之能胜刚。

　　　受国之垢是谓社稷主，受国不祥是为天下王。

　　　上善若水几于道，以其不争故天下莫能与争强。

孔子：吾知君以水喻德，仿佛圣人若水柔如斯：

　　　圣人欲上民，必以言下之。

　　　圣人欲先民，必以身后之。

　　　圣人处上民不重，天下乐推不厌之。

　　　圣人处前民不害，虚怀若谷高境而低姿。

　　　上善若水几于道，以其不争天下莫能与争兮！

附：关于中华文明的两大创始人孔子和老子

　　我每隔两三年去一趟曲阜拜孔，选择在孔子诞辰的 9 月 28 日前后。带孩子第一次去曲阜拜孔是 2007 年 10 月，十年后的 2017 年 8 月带孩子第二次拜谒。

苗汉问对

2020 年 5 月 12—13 日于西雅图

题记：本诗剧创作背景：2020 年，北大五四校庆，北大与长江学员刘川郁创作了新歌《苗》，请我点评。评后于 5 月 11 日晚查阅了苗史和文化并构思，花了两天一挥而就。

本诗采用《诗经》的叙事结构："有风有水宜室宜家"写苗人自然与鬼神崇拜的生活方式；"有风有韵流声流葩"是苗人习俗与恋爱婚嫁；"有风有化问学问答"并非汉衙之孔孟老庄而是自由主义。其间穿插苗汉问对，上阕汉对苗之三段三讽，下阕苗人反撑批判而引发三叹：一叹沉吟、二叹无奈、三叹思与悟。

起（合，诵，《天净沙》曲）：
　　　石树水井屋茅，
　　　阴阳神鬼卦爻，
　　　风伯雨师浩渺，
　　　蚩轩争早，
　　　刀山火海新苗……

苗：有风有水，宜室宜家。
　　枫木蝴蝶盘瓠，拜神祭祖菩萨。
　　男耕女织酸又辣，郎情妾意新娃。
　　　　娃捧牛顿律，
　　　　横鞋翘脚丫，
　　　　帽檐书下裤有洞，
　　　　后浪理工侠。
　　八十一寨共五溪，九黎三苗天净沙……

汉（白，合。用川湘土话，前抿，后张，下同）：
　　蛮酉……蛮帅，蛮俗蛮夫蛮霸霸，
　　土司……土衙，土生土长土巴巴。

苗：

有风有韵，流声流葩。

火海刀山狮舞，绑腿左衽披发。

唢呐秋千吹木叶，芦笙绕水蒹葭。

　　　茶桐龙舟夜，

　　　夜塔起歌沙，

　　　傩歌虫籁四重奏，

　　　情窦翠翠芽。

灵魂浮起梦朦胧，边城雾月锁天涯……

汉（白，合）：

郑靡靡，卫淫淫，何来敦厚温雅。

情哥哥，甜妹妹，尽是呕哑嘲哳。

苗：

有风有化，问学问答。

世外桃源何在？漱齿沆瀣餐霞。

虫裔奔迁落日坡，不相统属汉衙。

　　　但越孔孟教，

　　　气血纳英华，

　　　庄老告退山水滋，

　　　山满自由花。

苗黎千古仍年少，磊落生界道无瑕……

汉（白，合）：

无君、无长，何谓纲常教化？

傩公、傩母，尽是诘屈聱牙。

汉对苗（继续挖苦，不屑状）：

就你还哈利路亚？

就你这贿赂菩萨？

怪力乱神子皆骂，

不就是杀鸡宰鸭，
末了问"吃饱了吗"！

汉（下阕转折，洋洋自得状）：
我有孔孟老庄朱，
我有屈陶李杜苏。

苗对汉：
孔孟老庄朱，
屈陶李杜苏，
信而见疑忠被谤，
才高命舛殊！
汉人我问你：
  轩禹才子五千载，
  为何才难善终直与孤！

汉（独白，一叹沉吟）：
路漫漫兮上下求，
采菊东篱南山悠。
高堂明镜悲白发，
芙蓉小苑入边愁。

苗对汉：
汉人再问你：
  黄粱梦、南柯梦、红楼梦，
  赤橙黄绿浮生梦，
  为甚么生生若梦蹉跎梦？

汉人三问你：
  垓下歌、大风歌、易水歌，
  楚汉燕赵俱悲歌，
  为什么世世悲歌长恨歌？

汉（独白，二叹忧虑，二叹之中再三叹）：
屈子怒发天问，子曰天何言哉！

幽州台，拜将台，铜雀台，登台目满烽火，
鹳雀楼、黄鹤楼、岳阳楼，登楼心忧天下。

考场失意，情场失意，职场失意，
人生赛场总失意，
下一场，哪？哪？哪？

断却不妥，连又不对，冲也不是，
做活更是活不成，
这一子，下？下？下？

苗对汉（无情批判）：
茫茫禹甸莫非帝王土，赫赫轩孙货与帝王家。
当局者迷观者清，容我苗人告知汉人你与他她它：

自从孔圣陷匡地，梦失周公若丧家。
自从屈子沉汨水，贤人矢志空怀沙。

秦时明月汉唐关，宋祖元世几征伐。
到明更有女子失节事大缠足小，到清更有男子留发不留头留头不留发。

世人相轻又相杀，
官场江湖皆倾轧。
上蔽下蒙假作真时真亦假，
大盗乡愿相资相媚尽奸猾。

你说汉人到底是温柔敦厚、到底是礼义廉耻、到底是天孽自孽罪
与罚。

合（合，白，低沉）：

这里跳鬼跳神、虽野却淳一片亮哈哈，

那里禄鬼禄神、借道伪君一片乌渣渣。

汉（独白，三叹愤怒）：

人欲与天理，

修睦与讲义。

毁之损其真，誉之过其实。

子曰诗云空咬文，之乎者也乱嚼字。

修齐治平却是家天下，惟剩千古聊斋谈志异！

（悔）我我我……汗（汉）！

（唱）

恨憎初入之，

再后习于斯，

夕斯过尽又朝斯，

在兹最念兹，

痛兮涕兮长太息：

吾圄入彀兮，

怎怎怎，却道是：

儒林外史成正史，

1——2——3——4——5——6——7……7？7！（注：读 dou—re—mi—fa shuo la xi, ti？ ji！ 语气渐重）

尾韵（合）：

天工开物造蚩轩，夷夏汉苗各一边。

披发束发当自在，左衽右衽任自然。

一曲浮白成孤愤，总有滟滪阻狂澜。

千载海晏何曼曼，直道自由最少年。

内容创新：当今时代企业家精神

货殖新传（片段）

2019 年 10 月 1—6 日于西雅图

第一幕　一生大醉能几回

本幕角色及出场顺序：

强哥：敢闯敢干而不失理性沉稳的典型企业家

阿 B：杀伐决断、机变百出的企业家

教授 / 周教授：作者，商学院创新课程教授

徐姐：温婉知性、凭借"资源"、历经颠沛的女企业家

山仔：专做山寨或假冒伪劣产品的企业家

小金：职业经理人高管

（EMBA 周六 17：00 下课后，学员邀请教授一起参加同学们的诗酒晚宴）

五魁首啊，六个六，

来来来啊，周教授，

大口吃肉大口酒，

天地任我走！

企业家强哥出场（创业惟艰百战多，之一）：

酒至微醺花半开，金声对月一抒怀：

ALL-in 一赌尘和土，皇皇乎大"挺"经哉！

有格局者格局造，无聊赖人聊赖哀。

相信相信之力量，怎道愁随月徘徊……

周教授，君不见，这两年，颇后怕：
楼起楼高楼又塌，魔佛俱下潘多拉。
浮生有道"浮"为道，命运无涯"命"作涯。
当断绝断"亏"则断，应抓硬抓"赚"就抓。
人皆有己活为己，听我呕哑又嘲哳……

企业家阿B出场：
对啊教授君不见，抱歉强哥插个话：
互联网＋狂风煞，中美贸战几惊乍，
小平之后"无"小平，民企退场历史使命似作罢。
教授你那起承转合正反合，那个鸟"合"是啥是咋是神马？

教授（置身历史延长线）：
我先考考诸学员：
到底英雄造时势？抑或时势造英雄？

三皇五帝夏商周，大河大江一路东。
平王东迁天下乱，王纲解纽礼乐崩。
中华文明何处去？时代大问谁倚凭？
道术将为天下裂，诸子百家乘势兴。

一唱雄鸡鸣朝晓，黄昏卓荦秘纳鹰。
尹喜关前拦紫牛，孔夫匡地被围攻。
时不至日不强用，事不究时不强成。
自信斯文天未丧，舍我其谁不复重。

大一统后几盛世？文景贞观开元康乾治，
一八四〇国运断，三千年未有之大变局。
"现代化何谓？现代化何以？"
历史天问走何路？历史使命谁扛旗？
自强或洋务，政党和派系，
立宪或革命，领袖和主义……

……

忆昔改革开放四十载，今夕何夕巨浪滔：
八十年代制造业，产业报国比学赶帮超。
九十年代房地产，一亿仅仅是个小目标。
两千年初互联网，先驱先烈风口赛道飙。
最近十年云网端，改变世界梦想仍煎熬。

忆昔改革开放四十载，机遇挑战几轮回：
78 摸石常试错，88 价格闯关危，
98 亚洲金融垮，08 全球海啸摧，
18 中美贸易战，时移势转看云飞。
……

总之不管去年哪个小平呕哑嘲哳娘希匹，
总之无论何等艰难甚至裁员清盘格老子，
事之难易不在大小在知势，
君子务必藏器于身动善时，
当信仍处中华文明五千年史延长线上最佳期，
不妨再听诸位学员创业创新喜怒哀乐焦与虑。

强哥（创业惟艰百战多，之二）：
真是时势英雄两相依！
那我继续呕哑嘲哳我的创业创新一太息：

诗书礼易春秋几？同创弟兄叹今夕。
一生岂思人从众，怀揣梦想二叽叽。
终老尘埃虽一末，愿尝失败一次机。
焉做他人眼中你，惟做心中我自己。

家电地产互联网，风水转轮大王旗。
双击一展 PPT，炫完天使套 VC。
生态化反蛋碰蛋，雌雄交配 P2P。
叽叽一梦也是梦，蒙眼狂奔梦窒息。

终日乾乾朝夕惕，万一成功俺传奇奇奇……

阿B：
Wait a moment 传奇哥，不插话我心不甘：
开聊不聊富豪榜，聊尽成功也枉然。
功若不以成败论，成功定义是哪般？
三栖动物商学政，富豪、客座、人大代表千秋万代一统江湖一统天？
生不成名老将至，过尽枉然是惘然。

走一个！
一二三四干，又双叒叕酣，
敢问富豪榜，排名可更前？

教授（千年政商常博弈）：
好先走一杯！
一二三四干，又双叒叕酣，
莫道富豪榜，闷声落袋安。

七大富豪素封榜，货殖首传太史迁。
陶朱流韵扁舟荡，端木传儒驷骑喧。
计然财策喟然叹，白圭商道非苟言。
猗顿治盐郭纵铁，畜业乌倮列朝冠。
巴清女企世之首，封贞筑台始皇丹。

君不见，翻云覆雨突突却变天：
事末利者举为孥，抄没流放征戍边。
十二万商大率破，驱聚咸阳命黯然。
女贞纵表讲政治，国若需要全裸捐，
重本抑末惟国策，兵马俑魂与清欢？

君不见，此去越千年：
五魁无首吕不韦，六六不顺沈万三，

痛哭者兮伍秉鉴，流涕者兮胡雪岩，
百战封神首富榜，一疏醉落状元冤。
须记牢：红顶黄衫白手套，依傍官府长太息兮再无自由意志改变世界图破天。

农不出则乏其食，工不出则乏其事，
商不出则三宝绝，虞不出则财匮逝。
仓廪实而知礼节，衣食足而知荣耻。
礼生于有废于无，求富实乃人欲恃。
农工商虞民之原，何若因之利之教诲整齐之，
国富论司马千秋，最下者与民争利。

不患寡而患不均，不患贫而患不安。
士农工商本与末，千年范式马输班，
汉高禁贾丝和车，唐宗给物不授官。
明祖见商常逮捕，二君二王国何堪。
普天之下皇有制，节制资本工商寒。
利出一孔国无敌，予取予夺控产权。
主卖官爵臣卖智，孰能撼动朕之社稷与江山！

天下熙熙为利来，世间攘攘为利守。
秦汉至今两千年，民营经济贡献五六七八九。
一锤定音自己人，革命首要问题非敌设为友。
惟愿再无卷帘玻璃旋转门，无须钻营官僚、托庇权力、附庸政治蝇营又
狗苟。

好，再走一个！
一二三四干，又双叒叕酣，
不问豪雄榜，好歹又一年。

强哥（创业惟艰百战多，之三）：
噫吁嚱，历代首富狗不理，自己赚钱想花就花是自欺，
二吁嚱，B 总别总打 B 岔，容我继续呕哑嘲哳长歔欷：

天苍野茫路人甲，江湖弥漫江湖息。
风投搞定推产品，正要夹菜盘转急。
收了定金催尾款，是他妈个甲方拖账期。
刚安上顿愁下顿，却见山寨铁骑袭。
靠山山倒靠人跑，绕树三匝何枝依。
发展才是硬道理，人若犯我远亦击。

此火刚灭彼又起，创业惟艰百战疲。
地中海式脱掉发，金字塔型便秘急。
一载苦逼三百六，高光璨璨三五稀。
攘外不忘常安内，自欺爆款鸣天鸡。
奈何屡败屡再战，惟道且行且珍惜。
五经易得终难守，To be not be 活为 Be。

阿 B：
是啊强哥和教授，不插话我真不安：
一说我们企业家，好像仿佛似乎是：
细皮嫩肉乳猪炙，爽口弹牙鲍鱼鲜。
茅台燎魂重口味，拉菲晃醉小清仙。
天上人间白马会，地下红楼双鸭山。

我呸！怎道咱却是：
夙兴夜寐猪与狗，低眉顺眼一蜉蝣，
既怕一夜忽忽白头黑天鹅，又惧钻入尖尖死角灰犀牛。

做不成仍是蟑螂，打不死方为小强，
水落潮退皆裸泳，风吹草低几猪羊，
其实我是人面兽身、任杀任毁一畜生儿样，
强哥强兄强总继续罚我干！看在钱的面子上，
活有样，死无葬，凡杀不死我的使我更强壮！

女企业家徐姐出场：

侬现在嘎放开啦，侬畜生会刚中文伐？
阿 B 真是三句不离钱本色，三句不离色本行啊。

嗯，阿 B 有点小激动，我先降火再降压。
教授自我介绍下，强哥要不我先夸：
前日黄花昨妇家，嫁个金龟曰人渣，
嗯，Sorry，兽渣！
"呵呵"苦笑摔门创业去，我是豪门岂是、焉是、能是他？！
阿拉对伊刚道理么兴趣，爱咋咋！

蛟腾水破天，凤啭洞惊仙，
虽有贵人助，一路一潜然。

个么如今偶：
当年校花变大妈，好歹自立算小成。
其实教授想问侬额——，伊于胡底曰成功？

个么君不见、如今偶：
八颗皓齿笑如刀，两转酒窝迷若妖。
人在江湖一张脸，收放随心皮肉抛。

个么君不见：
败者吃菜曰寒碜，成者吃菜曰养生。
地沟兑油重口味，天聚三晴小新清。
戏子傍个款大爷，扶正上位独伶俜。
人之熙熙又攘攘，泛泛无因自砭砭？

伐管哪能君不见：
纳斯达克那厮大，身价市值看敲钟。
左右逢源摇媚骨，满腹生意利与名。
更有识时务者小脸儿整得红唇红曲粉面桃花相映红。

还曰是俊雄！

伐管哪能才要谢侬额——周教授：
赚钱赚到何时休，企业多强多大多久是尽穷？
毕竟功成百无一，成是靠天靠地靠人还靠蒙？
是否自古赢家无底线？是否从来输家无性情？

阿B：
哇塞哲学啊，徐姐！
我我我，服罪悔罪请问罪，口服心服真诚服！
当年校花今徐姐，离徐娘尚有五十年！

想当年——额滴个神兮……
People 啊 mountain 啊 people sea
想说一见钟情、把你套劳可真不易
People 啊 mountain 啊 people sea
熙熙攘攘曰市场，皆浊我独清——市场兮
茫茫人海曰客户，皆醉我独醒——客户兮
People 啊 mountain 啊 people sea
鼓起勇气忙中出错，我爱你成了我爱 ME
因为 People 啊 mountain 啊 people sea
因为 people 啊 mountain 啊自恋狂我太焦虑
千里刀光影……吭切咧切矣切矣……
People 啊 mountain 啊 people sea

强哥（创业惟艰百战多，之四）：
银才啊，姐妹兄弟：
怎么酒桌上轰轰烈烈竞相放屁，
怎么课堂上奄奄弱弱悄无生气！
OK reboot 我从来，接着创业历程呕哑嘲哳 last 一息：

稻粱菽粟麦黍稷，友商同行竞高低。

新浪搜狐又网易，BAT 后 TMD。
欲取先予曰模式，以退为进占先机。
你侬我蜜多巴胺，转身一记后攻击。

你卖加多宝，他售王老吉。
凉茶壶里起风暴，却道上火凉茶祛。
你欲麦当劳，他又肯德基。
正反合化三明治，却喻天地夹良机（鸡）。

革人命者被革命，说故事人故事欺。
娘腔娘炮小鲜肉，油腻油滑老司机。
贱己贱人贱行业，友商友谅友便辟。
不服就干生死淡，绝对最坏莫之一。

上顿手抓饼，下顿肉夹馍，
"创业若此"声一慨，鸡汤能总泡饭喝？
你推新爆品，他开山寨模。
"竖子安敢"又一慨，诗在远方月在荷。

尿没变黄算努力？屎不坚硬算拼搏？
有枕不愁没瞌睡，咸鱼欲翻不粘锅。
不做贱人乱矫情，偶滴额——伐管哪能，蟑螂也要讨生活。
管他六谷五味供产销，哥要引领创新做大爷！
Sorry 不对押错韵，爷要引领创新做大哥！

企业家山仔出场：
红茶奶精配，红酒雪碧兑。
不是另一位，而是另一类。
死猪不怕开水烫，捧心效颦大无畏。
谁有爆款我赝谁，反者道动与你做个"掯"。
哈哈我是专注 A 货"绝对最坏莫之一"的山寨鼠辈。

君不见：

开着豪车用A货，没人敢说那不贵。

公交地铁也LV，你说正品一声呸。

你买A货不可耻，我卖A货亦无愧。

进口性能国产价，我还包换又包退。

君不见：

我虽假冒不伪劣，匠心极致鞠躬瘁。

更上层楼思设计，时尚拉风有品位。

A货也怕巷子深，网红带货大分贝。

四舍五入我九入，听教授言生逢盛世鸿浩之志 sorry 没山寨好鸿鹄之志定位世界第一A。

虽处产业鄙视链，我的山寨学术严谨蒙眼狂奔一直追到三点一四一五九二六五三五八酒杯。

阿B：

我靠！一沙一世界，假冒不伪劣！

再靠！山寨非传说，传奇 Copy Cat！

遇见颜值 WYSIWYG，缺钱就按 Ctrl C。

祖传秘方电线杆，当代绝招有大V。

不是骗子不广告，刷单刷榜又刷机。

见好就赝条件反射膝跳有多高？跪求巴甫洛夫急按 re-set 重开机。

见赝就好心理阴影面积有多大？跪求牛顿或者莱布尼茨去微积！

原来世界有两B，傻B和装傻的B。

当然根据教授起承转合正反合，还有我这B。

……

七律·宁波企业调研：管窥孔望亦知宇宙人生

2018 年 12 月 21 日晨

题记：2018 年 12 月 20 日宁波企业调研，参访了长江 EMBA32-4 班昌亚塑料创始人徐建海同学及公牛电器创始人阮立平先生。昌亚一根吸管连中西，成为吸管及一次性餐饮用具之行业领军企业且几乎全部出口欧美；公牛小小插孔望世界，成为插电板、装饰开关之业界领袖，令人叹为观止，更感怀其背后人生应成大事业之梦想、专注技术产品之匠心，以及应对新兴互联网界挑战之自我求反，晨起赋诗为记。

水有多深世太浑？管窥孔望探乾坤：
平行宇宙神推圣，独化玄冥自度人。
大器雕成沉大气，小酌陶醉润初心。
青苍碧海氤氲竞，我命我执焉靠君。

附：企业调研是商学院进行案例教学的基础，以下选择这两年去参访的几个典型企业，依次为盖雅工场、节卡机器人、捷豹路虎、欣旺达、梦饷集团、趣头条和爱驰汽车。

金牛聚福新零售——贺晓峰组建新零售联盟

2021 年 2 月 8 日

题记：昨夜，长江 EMBA 33-3 班尹晓峰同学在丁香花园酒聚组建新零售联盟，班主任周颖老师，30 期龚炜莉（橄榄时光），33 期 Maggie（晶链通）、王英（永琪）、李秀秀（红星美凯龙），34 期张春（燕麦奶），35 期 NaNa（MCN/KOL 聚合平台）等在场，早起赋诗为贺。

金牛聚福新零售，长江学子汇丁香：
前有中国老乡李秀秀，后有美国邻居永琪王。
Maggie 晶链通线下，NaNa 线上聚合强。
遥远甘肃陇南地，青青橄榄最时光，
却道草奶新品类，绝非外国老豆浆，
周颖老师一锤定：植物时代头啖汤！

哈哈君不见：
学霸学渣本无界，孟母三迁书始香，
财神关公红酒抖音着西装，青龙偃月跨界机关枪，
诗在远方在何方？诗在此间非盛唐！

观势蚁上树，优术咸鱼翻，
易水荆轲剑，山寨起邯郸，
怀石波浪涌，欲罢酒不干：
　　抢赛道、扎硬寨、打呆仗，
　　产品迭代永未央。

　　挖护河、高筑墙、广积粮，
　　科技创新控乾纲。

　　深淘滩、低做堰、缓称王，
　　客户价值全力夯。

回首汇长江：

人生两大关键点，出生与知为何生，

最怕打工月薪高，舒适套牢在半峰。

最怕人说你好闲，感觉被标失败公。

干大事业成大我，创业创新大潮何汹汹！

物竞天择马越檀，弱肉强食狼图腾，

虽非著名小遗憾，却也土豪大确幸。

思想指尖荡，键盘忆铿铿，

产品即人品，精品自心经，

"过去"过去不惋惜，"未来"未来不必蒙，

初恋热情作杰作，宗教信仰惟精惟一功，

活在当下同学互成就，晓峰盟主官宣联盟大功成！

山崎道更崎：品酒威士忌、笑谈人生戏

2021 年 2 月 3 日立春

题记：立春之夜，上海交大安泰 EMBA-2018 级周光文同学宴请，光文兄是上海交大医学院外科学的教授博导，同班熊美龄，安泰 EMBA-2015 级张磊，交大高金 EMBA 李董（书法如下），复旦 EMBA 简光洲，长江 EMBA 20 期陈誉尹、33 期赵博文、35 期陆晶磊，木嘉公司泓羽女士等在誉尹创立的望湘园一聚，品酒威士忌、笑谈人生戏：

灯映伏兰红，湘园立春聚，
东水酿茅台，西酒威士忌，
一切人生皆体验，不品怎知是不是：
穆雷雪莉麦卡伦，十八山崎道亦崎，
轩尼焉能诗？芝华可堪士？

无冬不越过，无春不降莅，
To be not to be？得失皆认知！
三思后行是算计，杀伐决断在当机，
一切人生须入戏，世事虽杂大道易：
心外本无理，不恃当自恃！

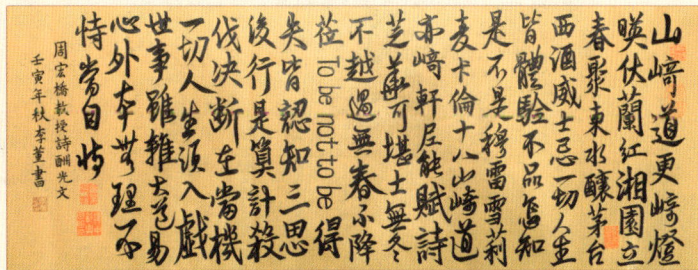

五律·双城记：调侃秦人宇航和楚人李英

2021 年 3 月 21 日晨起

　　题记：3 月 14 日重庆课后去成都拜偶像杜甫，草堂李霞锋馆长作陪，长江 34 期金宇航、刘东生同学同游。晚上宇航组局，原与 31-2 班陈黛蓉、李英、牟梓源、金丹四位来蓉同学商议伴作草堂邂逅并顺势入局，哈哈，席间被姜磊引出我清华演讲问三三不知一事而汗洒当场，李英慰道回沪续酒言欢。昨在沪上课重感冒辗转反侧，晨起一赋以助晚兴：（颔联——宇航是陕西人在四川，安徽人李英公司名叫马楚）

> 伴邂蓉城泪，邀欢上海滩。
> 秦牛凿蜀剑，楚马越檀鞭。
> 一统凭蛮力？三分靠诈奸？
> 管他天下事，把酒赋新篇。

今生罚创业：与长江 38-4 班诸企业家君共勉

2022 年 1 月 26 日晚宴现场

题记：与长江 EMBA 38-4 班汪永泽同学相约去年年底的晚宴今晚终于成行，席间听北大学妹叶澜同学即将辞去职业经理人成为创业企业家之一员，欣欣然于酒宴现场赋诗，与 38-4 班诸企业家君共勉：

前世造啥孽？今生罚创业！
未曾配妥剑，转眼江湖血，
心雨花田错，泰初至永劫，
君何共此杯？歌醉千千阙。

开创计算美学

类型一：人类自然语言与计算机语言：
两大世界体系的对话

2016 年 5 月

题记：5 月初买了北大社出版的《改变人类文明的科学元典》系列十几套，翻到伽利略的《关于托勒密与哥白尼两大世界体系的对话》这本书时，灵感忽现，此诗载于 2017 年第四版《半面创新》第二部分结尾：

"现实太现实……"
"printf（'Hello, World！'）"

类型二：计算机高级语言：
青春赋值 Debug World·七律·"Hello World"

2018 年 4 月

那年星彗耀天衣，落赋燕园计算机。
闻道递归 if-then 判，随心迭代 do-while 依。
未名问影青名未？博雅寻真尔雅期。
莫负扉词"Hello-World"，乾坤重构 de-bug 时。

诗注：

"生命以自由为目标，自由以创造为归宿。"自由意志是生命的本质，创新创
造是生命的最高价值。从图灵奖得主小弗雷德里克·布鲁克斯认定的"软件系统可
能是人类创造中最错综复杂的事物"，到当今是"软件定义一切（Software-Defined
Everything，SDx）"的时代已成人类定论，即软件是目前宇宙进化与人类发展到此
时此刻的最高智慧，人类文明运行在软件之上。

软件架构或仿真世界的过程，一般而言，是若干大师发明了编程语言，极客
工程师用编程语言进行编程，即可创造出多姿多彩的世界。编程语言一般三四十条
语句，最小构件是三句，赋值、条件判断（if-then）和循环迭代（do-while）。1995
年，Java 语言新增了 reflection 反省反射，从而能动态感知环境并自我调整，即仿
真人与动物之根本区别在于反省，即苏格拉底式的"认识你自己"。上诗以上述四
大原子构件语句对宇宙人生进行计算仿真，将自由意志赋初值去修正这个尚未达到
至真、至善、至美的世界。

首颔两联写人生三境之初心赋值、自由意志的判断选择，及追随内心的实施
循环。递归指程序调用自身，迭代是用已知变量值根据递推公式循环演进得到变量
新值。其意，闻道宇宙人生的本质是自由意志调用自身的递归函数，于是人生历程
就是追随自我心灵初赋而不断重塑自身的迭代之旅。

颈联反思人生是否成功及底线道德，即追问未名湖中的自我倒影，以博雅塔
之雅正贞刚反省自身。

尾联，打印"hello-world"是所有编程语言第一句，宣告"你好世界，梦想着改变你的我们，来了"！Debug是清除故障的术语，因为人类首台计算机是因一臭虫bug而发生故障的，de-是清除的前缀。世界尚不完美，我们亦不完美，人生使命不正是莫负初赋，去debug世界以完成对现实的超越、去debug自身以完成自我之救赎吗？

类型三：计算机机器语言：
七绝·我为未来人类忧

2019 年 5 月 28 日

1 1 0 0 1 1 0 ，
0 0 1 1 1 0 0 。
屈陶李杜 Hello-World ？
（！＠＃＄％）。

诗注：

这是严格的七绝。

押韵合规，押"0"韵。第四句的"）"在"0"键上。

平仄合规，1 仄 0 平，第四句第四字"#"在"3"键上是平。

本诗第一稿的结尾直接是敲键盘第一行的愤怒：！＠＃＄％＆，应该说情感过于炽烈。第二稿置于括弧中，表示既享受技术的快乐，又向往荷尔德林"诗意地栖居在大地上"。括弧是引胡塞尔－海德格尔现象哲学，存而不论括之弧，表达一种情感的迷惘与绝望，同时亦体现中华诗词温柔敦厚之传统，怨怒不排。

又注：此诗完美地诠释了"文章本天成，妙手偶得之"。写完之后，检查完平仄、押韵，我心中的狂喜如火山迸发，抑制不住地上蹿下跳、狂喊狂叫。

根据半面创新模型，此诗在下图 f_3 处，即人类从屈陶李杜 f_1 的自然人向技术人方向演进，我们现处"做技术的自然人" f_2，随着人工智能、量子计算、元宇宙等各项新技术的发展，因为拥有就是被拥有，未来新人类是否将变为"争自然的技术人" f_3？乃至终成新物种 f_4，即技术将计算、规划人类并将人类赋值为同质、同构的部件，终将人类毁灭？

所以，人类进化了技术，技术退化了人类，未来之人类还能诗意栖居在大地上吗？我为未来人类忧！

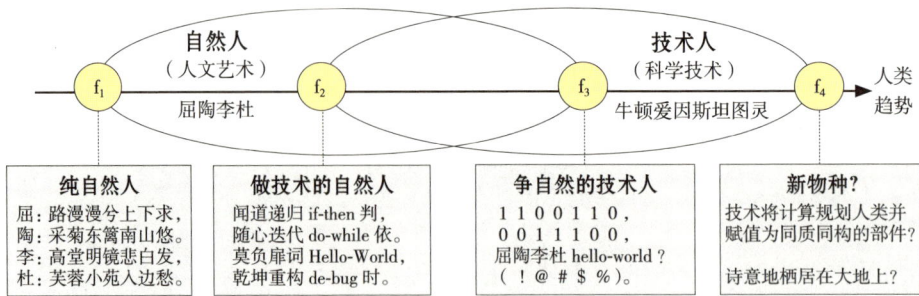

自然人
（人文艺术）
屈陶李杜

技术人
（科学技术）
牛顿爱因斯坦图灵

人类
趋势

纯自然人
屈：路漫漫兮上下求，
陶：采菊东篱南山悠。
李：高堂明镜悲白发，
杜：芙蓉小苑入边愁。

做技术的自然人
闻道递归 if-then 判，
随心迭代 do-while 依。
莫负扉词 Hello-World，
乾坤重构 de-bug 时。

争自然的技术人
1100110，
0011100，
屈陶李杜 hello-world？
（！@＃＄％）。

新物种？
技术将计算规划人类并
赋值为同质同构的部件？

诗意地栖居在大地上？

类型四：大同世界真善美：
技术向善、学术求真、艺术惟美

2017 年 2 月，载于 8 月出版的《半面创新》V4 第 3 章

"仁"是中华古典文明的核心价值，在《论语》中出现了 109 次，虽无明确定义，却有根据不同学员问仁而从不同视角的描述。公认的答案是孔子回应樊迟问仁，"子曰，'爱人'"，即仁者爱人，对一切人友善是人际间的根本原则；具体实施则是一个主动的"free to"，所谓"夫仁者，己欲立而立人，己欲达而达人"（子贡问仁）；一个是被动的"free from"，即"己所不欲，勿施于人"（仲弓问仁）。

"仁"还有其他维度的表现，孔子各有诠释：

- "孝悌也者，其为仁之本与！""居处恭、执事敬、与人忠""能行五者（注：恭宽信敏惠）于天下为仁矣"等，是"仁"在道德维度的表现

- "刚毅木讷，近仁"、"仁者，其言也讱"（司马牛问仁）、"巧言令色，鲜矣仁"等是"仁"在语言维度的表现

- 其他如"博学而笃志，切问而近思，仁在其中矣""仁者静""仁者寿""仁者乐山""仁者不忧"等

我以编程释仁，"仁"是一个观念集合 class（类），它有 property（属性）和 method（行为），及从个体行为衍生到政治、社会领域如"德政"等，并作系统设计之诗意图：

```
class 仁 {
    int 道德方面; // 如孝悌恭敬忠  恭宽信敏惠等
    int 语言方面; // 如刚毅木讷讱等
    ……
    public void freeto { 己欲立而立人，己欲达而达人…… };
    public void freefrom { 己所不欲，勿施于人…… };
    ……
    public void 德政 { 为政以德……苛政猛于虎也…… };
    …… }
```

后续学者的创新：如孟子两大创新，其一上扩，创造抽象类"人之初性本善"，为"仁"找时间维度的宇宙起源——人心四端，于是"仁"类可以从抽象类继承；其二下扩，一方面扩充属性，由"爱人"扩至"爱物"，到最后张载的"民胞物与"，一方面扩充行为，由"德治"扩至"仁政"，不一而足……到了晚清，康梁把西方的"自由、平等、博爱"等时代精神又扩充到"仁"的概念之中而引出民国新儒家：

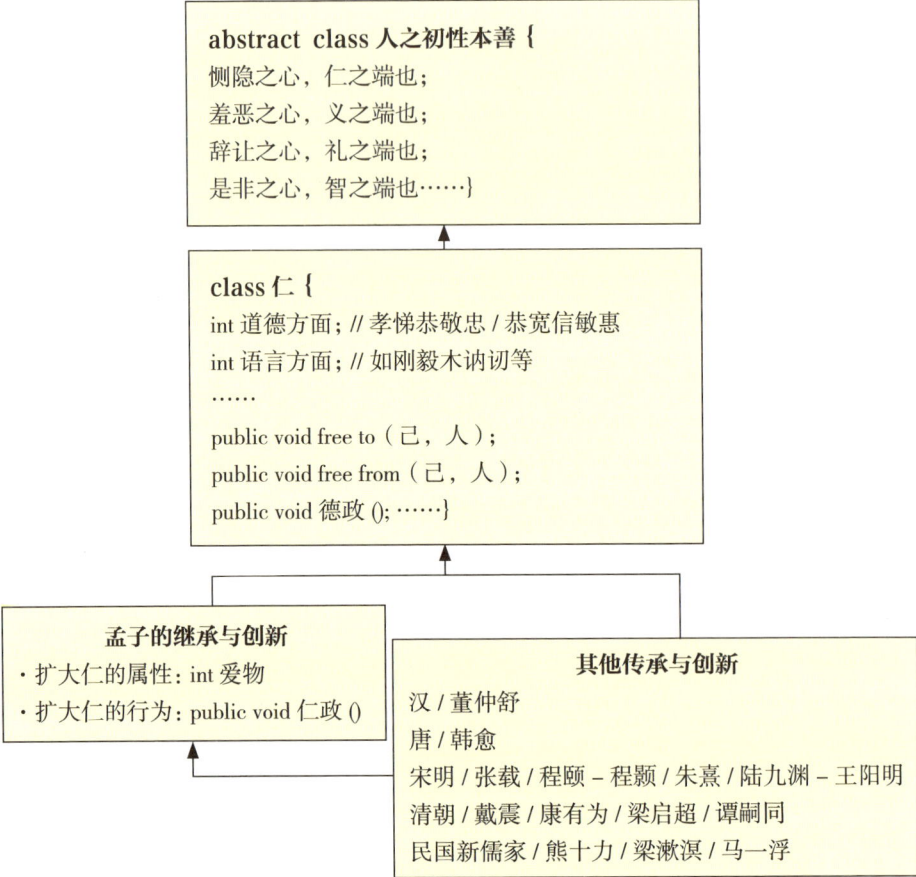

```
abstract class 人之初性本善 {
    恻隐之心，仁之端也；
    羞恶之心，义之端也；
    辞让之心，礼之端也；
    是非之心，智之端也……}
```

```
class 仁 {
    int 道德方面；// 孝悌恭敬忠 / 恭宽信敏惠
    int 语言方面；// 如刚毅木讷讱等
    ……
    public void free to（己，人）；
    public void free from（己，人）；
    public void 德政 ();……}
```

```
孟子的继承与创新
· 扩大仁的属性：int 爱物
· 扩大仁的行为：public void 仁政 ()
```

```
其他传承与创新
汉 / 董仲舒
唐 / 韩愈
宋明 / 张载 / 程颐 - 程颢 / 朱熹 / 陆九渊 - 王阳明
清朝 / 戴震 / 康有为 / 梁启超 / 谭嗣同
民国新儒家 / 熊十力 / 梁漱溟 / 马一浮
```

由此我给"仁"下定义："仁"是人类一切美德的时代集合。

以后，如果人类"坐地日行八万里、巡天遥看一千河"，时代的概念不再，又与外太空生命通婚，天人合一、万物一体，不妨定义"仁"是宇宙美德的动态总集。

再以后，世界进入到每个人能自由发展以及一切人能自由发展，技术向善、学术求真、艺术尚美，大道之行，天下归仁于大同世界……

结篇之诗：世界，何世之界？

——《半面创新：创新的可计算学说》开篇之诗

2020 年 1 月 21 日

小时候，记得耶
　　总是活在自己的世界。

长大了，难忘却
　　总想活在自己的世界。

生短梦长最忧怯
　　今生过得过且
　　只是活在前人留存的世界，
　　　　今人熙攘的世界。
　　而从未活在……自己创构的世界，
　　甚至从未想过……自己能创构世界！

惟其凭所自为，惟其依所自悦，
方能我之为我，方能界超被界。

图书在版编目（CIP）数据

细柳诗绦：新古典主义诗歌拓荒集 / 周宏桥著 . -- 北京：
作家出版社，2023.5（2023.7重印）

ISBN 978-7-5212-2139-8

Ⅰ . ①细… Ⅱ . ①周… Ⅲ . ①诗集—中国—当代
Ⅳ . ① I227

中国版本图书馆 CIP 数据核字（2022）第 247657 号

细柳诗绦：新古典主义诗歌拓荒集

作　　者：周宏桥
责任编辑：钟如雪
封面设计：周思陶
出版发行：作家出版社有限公司
社　　址：北京农展馆南里 10 号　　　邮　　编：100125
电话传真：86-10-65067186（发行中心及邮购部）
　　　　　86-10-65004079（总编室）
E-mail:zuojia @ zuojia.net.cn
http://www.zuojiachubanshe.com
印　　刷：北京盛通印刷股份有限公司
成品尺寸：170×240
字　　数：346 千
印　　张：20.5
版　　次：2023 年 5 月第 1 版
印　　次：2023 年 7 月第 2 次印刷
ISBN 978-7-5212-2139-8
定　　价：118.00 元